# 闲花

沈胜衣 著

中华书局

**图书在版编目（CIP）数据**

闲花/沈胜衣著. —北京：中华书局，2014.10
ISBN 978－7－101－10211－6

Ⅰ.闲… Ⅱ.沈… Ⅲ.随笔－作品集－中国－当代
Ⅳ.I267.1

中国版本图书馆 CIP 数据核字（2014）第 121986 号

| | | |
|---|---|---|
| 书　　名 | 闲　花 | |
| 著　　者 | 沈胜衣 | |
| 责任编辑 | 于　欣 | |
| 出版发行 | 中华书局 | |
| | （北京市丰台区太平桥西里 38 号　100073） | |
| | http://www.zhbc.com.cn | |
| | E-mail：zhbc@zhbc.com.cn | |
| 印　　刷 | 北京瑞古冠中印刷厂 | |
| 版　　次 | 2014 年 10 月北京第 1 版 | |
| | 2014 年 10 月北京第 1 次印刷 | |
| 规　　格 | 开本/787×1092 毫米　1/32 | |
| | 印张 8⅞　插页 8　字数 150 千字 | |
| 印　　数 | 1－5000 册 | |
| 国际书号 | ISBN 978－7－101－10211－6 | |
| 定　　价 | 45.00 元 | |

# 让闲花再开

近年钟情于植物写作,继《书房花木》《行旅花木》两本专书,以及《笔记》相关两辑之后,现再一次将植物随笔结集。

此前三种是较集中的专题,本书则尝试多样化一些,有如一个杂花并放的园子,汇聚了影评、歌评、游记、书话等多类型体裁,牵藤带蔓、丛生纷披:

辑一"声色花木",考辨流行歌曲和电影中的植物,也谈这些歌影声色本身。

辑二"探花之旅",是植物游记,记写旅行中探访各地有意思的花木,也略记旅途风景人文之所见所感。

辑三"书生草木",属相对较传统的植物散文,但重点在于它们是书里"生"出来的草木,以"抄书体"作科学的文史考辨,从文献精华中爬梳整理草木的名实源流,也等于顺带介绍一些植物图书——花中有书、书里有花。

自感这些花木文字,有心情感悟的倾述,但不止于单纯的文艺抒情,不将植物仅视为寄托的象征;有文史知识的传递，但不提供枯燥的应用技术，不将植物仅作为实用的客体。我的心愿是回到植物本身，以花草为主角；又从植物出发，进行拓宽领域、活泼无拘的跨界写作，冀望纸上花木能在生活的各个空间盛开。

因为不同时期的不同相遇，不同情愫与不同认识，部分植物先后写过多次，既有补充完善，也容有略为重复的段落（本书内如此，于旧著亦然）；但，各篇皆用心写来，几处稍稍复述乃行文所需，篇章是各自独立的，立意和主要内容都不一样，希读者体察。另外，曾在报刊发表过的文章，编辑时很多也作了修订。——就像同一棵植物，每一朵花都有细微的区别，每一次开的花也不会跟上次完全雷同。大自然造物神奇，我谨致追慕之意。

让花木与书籍交融缠绵，是我向来的趣味，本书征引书籍文献二百多种，也可视为一份"花房书目"（朋友当初对《书房花木》的玩笑语）。为免过于累赘，仍依旧例，原则上只对三种旧著之后新增的引书、在本书首次出现时才注明出版资料，但也有若干因内容需要而反复出注（如西番莲一文的特殊自创体例所致），又有些以前漏注的这里补上。这新增部分合计一百四十多种，以植物专著为主，亦酌情注出一些有较突出花木内容的其他著作，以便检索。

书名"闲花"，意指这些篇章是纷杂的闲花野草，然而，更有私己的特别寄寓……恰好，某次立春的书店欢悦之行，在一册《冷冰川》中随手翻到一幅佳作，《让闲花先开》，为之惊艳赞叹，喜欢画本身（有论者将它评为画家超越写形、抒情而至的第三境"神游太虚"之代表作，是进入不为法缚、道法自然的大境界之例子），也喜欢"让闲花先开"这个同属神来之笔的题目（此乃冷冰川再三修改的奇思结晶）。当年出版《书房花木》，承蒙冰川兄赐赠我心仪的《阳台》印于书衣；感谢他这次又慨然答允我用此画作封面，书缘人情，美好延续。

当然，更要感谢玉成此书的余佐赞先生，和他的编辑团队；感谢经手过书中文章的各报刊编辑；感谢关注我植物写作、热情评论传扬的朋友；感谢文里文外的花间人影。——你们都是浇花人。

再关于闲花，宋代张先《醉垂鞭》写过："闲花淡淡春。"元无名氏《渔樵记》有云："他和那青松翠柏为交友，野草闲花作近邻。"也都是很好的意思。确实，闲花是散淡而非浓烈的，是隐逸而非用世的。在工业化、科技化、城市化的时代，愿这一束悠闲的花儿，提供给读者"植物化生存"的可能，于变幻无常、忙碌急速中回味一份"植物型情感"。——让不求实用的闲花先开，继续开，是所望焉。

2014.1.11记毕。其时自家的洁白山茶，又作新年初放，玉绽雪凝，在清阳中映人静喜。

# 目　录

辑
一

# 声色花木

# 木棉花意乱,轩尼诗情真

记得20世纪80年代初改革开放,社会由死气沉沉走向激情活力,倡导"时间就是金钱,效率就是生命",我们是把香港人从工作到走路的快节奏作为榜样的。转眼三十年,时代的步伐越来越急,大陆的发展越来越快,我们骄傲地认为,很多方面我们已把香港抛落在后面了。可高速运转中产生的种种现象,却又使人发现"快乐"并非"快"即能"乐"那么简单。这时候看港产片《月满轩尼诗》,就别是一番滋味了。

这是一部爱情小品,但包含了更多内涵:老街旧铺的城市风貌(轩尼诗道是香港主要街道、购物闹市);传统、家常中有韵味也依然有活力的市井风情;人与人之间的微妙关系;还有,导演岸西在访谈中指出的,她要拍出勤奋拼搏之外的香港闲人、懒人,更要拍出相比大陆已经"慢下来了"的香港。

我喜欢这部细碎温暖的慢悠悠的电影,包括一个细节:

张学友与前女友张可颐重聚,看到高楼大厦间的几树红棉,他无话找话道:"听人家说,木棉开花就表示不会再冷了。"她微笑着答:"现在天气那么反常,谁知木棉会不会也中了招(着了道儿)呢。"

张学友说的是岭南民间相传的物候观测法。叶灵凤《香港方物志》之《英雄树木棉》载:"香港人素来相信,只要木棉开了花,天气便不会再冷。"徐祥浩等编著《华南的奇花异木和珍贵植物》(广东人民出版社1980年9月一版)说:"木棉通常在冬去春来的时候开花,所以广州人看见木棉开花,就预感到寒冬已过。"——木棉是冬天落叶的热带树种,新春叶出之前,先在光秃秃的枝条上开出红艳的硕大花朵,"满树火红,如喷如倾",等花后寒冷退却,才披上新叶,"绿荫如盖,郁郁葱葱"(王缺主编《华南常见行道树》语)。

但近年,岭南木棉这种先花后叶、花叶截然分明的特色变异了,很多都是带叶开花的,或是去冬竟然不落的旧叶,或是今春提前冒出的新叶,错杂一树红花,诡异的景象。清代屈大均《广东新语》记木棉"未叶时真如十丈珊瑚",因此古代木棉又名珊瑚树。但现在花叶并陈,遂使名不副实了,混同于其他有花有叶的植物,失却我曾在旧文写到的"春来无一叶,满树皆红花"的"妩媚好男子气象"。这正是近年"天气那么反常"的极端影响。

气候异常还反映在花期上，我猜测当代的木棉花比以前要开得早更落得早。宋人杨万里《二月一日雨寒五首》其中一首，该是最早吟咏广东木棉的诗："却是南中春色别，满城都是木棉花。"苏轼《海南人不作寒食，而以上巳（按：农历三月三上巳节）上冢……》则云："记取城南上巳日，木棉花落刺桐开。"又近代罗翼群《上巳泮塘莲苑雅集简同寅》也写到"粤峤红棉特动人"。可知古代木棉是农历二、三月开花，如清代陈恭尹《木棉花歌》："粤江二月三月天，千树万树朱花开。"现在呢？广西林科所1978年至1984年间持续观测所得的结果是：木棉花在公历三月中旬至四月上旬盛开（王宏志主编《热带亚热带主要树种物候图谱》，广西人民出版社1988年1月一版），这已早于农历二、三月。而2004年出版的《华南常见行道树》，记载的花期更是公历二月至三月——越来越提前。

　　在当今世代，木棉花都加快步伐急匆匆往前赶了。这意乱情迷的幻变世道，连花木的千年规律、顽强本性都会迷乱迷失的。只是，寰宇冷暖，花木知情，却也知心：怎样变都好，到底花还会开，就像《月满轩尼诗》中那剩下的微末情意。

2010年8月18日整理，

2011年1月11日删订。

附记：

广州绿化委员会1983年在评出木棉为市花后（其实1932年已评过一次）内部编印的《红棉》画册，收有朱光写于20世纪50年代初的《广州好》其中一首："落叶开花飞火凤，参天擎日舞丹龙，三月正春风。"同时，又收有李醒滔等作的油画《南国四月》，绘画的是捡晒木棉落花的家常情景。——因木棉花有祛湿等药效，岭南人爱在木棉花落后捡来晒干煲水饮用。确实，公历四月初（农历三月）清明前后，在当今的南国已是拾花时节了，这也可作为上述话题的旁证。

劳伯勋80年代的《南国花讯》（江苏科学技术出版社1986年5月一版）之《红棉赋》，已谈到木棉早开迟开的问题，认为这种物候标志的差异，乃由于树龄、生长环境、生理和健康状况的不同。然而现在看来，恐怕更主要可追溯到全球变暖的背景。

而本文写的木棉花期提前、且花叶同开的乱象，源自2010年观察所得，到2011年春日，则出现了另一诡异情形，是本应火红的木棉冒出了很多黄花。2011年3月18日的《羊城晚报》有一篇报道《新奇！红棉盛开变身黄金甲》，请来专家释疑：这些金黄的木棉花，有可能是木棉中的稀有品种，但也有可能是土壤或空气的污染、酸雨、营养不良，甚至全球气候变化，导致木棉树的生理改变，决定花色的花青素变异了，从而令红花变黄。——地球的变异在植物身上又一次显现。

# 时光擂台，红颜化白絮

在近年港产片复苏浪潮中，郭子健等导演的《打擂台》就像一个寓言式的写照：泰迪·罗宾饰演的老师父在昏睡几十年后复苏，与一直守护着他的梁小龙等老一辈功夫明星一起，用他们所守护的传统价值观与为人方式，去影响和带动年轻人。片中那只老旧的乃至腐臭的陈年腊鸭，在新时代仍能散出芬芳，这正是港产功夫片乃至香港本身的一个象征。

泰迪·罗宾说："五月天两样多，雨水多，木棉花多，飘起来的时候很漂亮。"旁人都以为是老师父醒来后的胡言乱语之一，木棉花明明是春天开的，就像当年王芷蕾唱的《冷冷的夏》："木棉花，怎能灿烂一夏？"怎能出现在花期早已过去的初夏五月天呢？到这老师父去世，后辈们在怅然怀缅中，竟见到一个优美的画面：木棉花的朵朵白絮，飘飞于空中。哦，原来他说的不是鲜红如火的木棉花，在长者眼中，火红火热的青春逝去后，犹如白头翁般的五月木棉飞絮，也同样是"花"。

木棉花盛时，真的如一片熊熊火光，历来文人笔下多取此喻，不胜枚举。这个比喻起源很早：木棉又名烽火树，据屈大均《广东新语》，此别名乃秦末汉初割据岭南建立南越国、封王称帝的一代霸主赵佗所取。另外，屈大均还将木棉农历二月的盛花期与火神祝融的生日联系起来。——可见木棉的火，有着帝王乃至神仙的来头。

火花之后的木棉絮，倒真的少为人关注，不过《广东新语》也有确当的记载：木棉果子"五六月熟，角裂，中有绵飞空如雪。然脆不坚韧，可絮而不可织"。

"可絮而不可织"一语十分关键。木棉这些不具纺织用途的棉絮，一般只能用作垫褥、枕头等的填充物。历史上，在棉花传入岭南之前，当地人是用一种木棉的同科植物吉贝（又名美洲木棉、爪哇木棉）的棉絮来纺布制衣，这种棉花替代物又称木绵。两者花色花型等很不同（如吉贝的花是淡红或黄白的），但不少人因音同形近而将木棉与木绵（吉贝）混为一谈，甚至进而与棉花混淆起来。古人少有如屈大均那样细致观察得出准确结论的且不说，现当代的专业人士也频频出错：

民国时期农林部棉产改进处编印的《中国棉讯》，1948年5月出了一期"木棉专号"，但诸多以木棉为题的文章，谈的其实是棉花或木绵；真正的木棉当时更通行的名字是攀枝花。到80年代中期，著名农史学家、古代文献学家胡道静在《农书·农史论集》(农业出版社1985年6月一版)中，谈到明人徐光启笔下的吉贝时，误注为木棉、棉花；农业科学和植物学者伊钦恒的《伊钦恒诗文选》(1984年11月自印本)，在《题红棉图》诗中说："攀枝花乃古吉贝。"这都是指鹿为马、张冠李戴了。新近出版的《异物志辑佚校注》(吴永章校注，广东人民出版社2010年6月一版)，对于东汉杨孚《异物志》这本专记岭南风物的开山之作、同时也是现存最早的粤人著述，作了卓著的整理工作，尤其是极为丰富的名物注释，每则都像是一篇包含了科学和文献内容的小论文，极合我心；但其中"木棉"一条，吴永章直接释为攀枝花木棉，我是有所保留的：原文完全不谈花色火红等瞩目特征，只重点记述果实中的白色丝絮，使我怀疑杨孚说的是木绵(吉贝)。

另有一些专家则对这个问题作了详尽明晰的考证论述，如《石声汉农史论文集》中的《试论我国人民最早对甘蔗与棉花的利用》、《明末以前棉及棉织品输入的史迹》，孙机《寻常的精致》(辽宁教育出版社1996年9月一版)中的《我国古代的草绵和木棉》，《齐民要术校释》中的缪启愉相关释文，胡守为《岭南古史》(广东人民出版社1999年9月一版)中的"岭南物产举要·布"一节等,皆为正解,有兴趣的读者可以参看。

　　说回现实中的木棉絮。在看《打擂台》之前的五月底,我曾出了趟小门,目睹木棉红花落尽后的满树白絮,让我一惊,仿佛美人被当众剥掉一身红衣般尴尬不堪,又像红颜换了白发般唏嘘难过。可是,就在这"木棉花之行"后,回家恰见新置的用木棉絮做的枕头,不禁为巧合背后的天意感慨,才醒悟那景象更似激情火花熄灭后的灰烬,而这灰烬,却是我等凡人枕之入眠、安身立命的家常凭依了……这情形,一个朋友比喻说:木棉从艳丽夺目的红花到让人安寝的白絮,正是人从少年到中年的蜕变。然而这里面的滋味是恬淡还是苦涩,则又颇耐低徊了。

2010年8月19日整理,

2011年1月11日删订。

# 岁月偷不走籤杜鹃那一抹红

　　某种程度上,《岁月神偷》是一部"主旋律"之作:通过一个60年代香港底层市民家庭的写实描绘,反映了相濡以沫共度危困、面对打击坚持信念、勇于靠自己的努力生存并追求美好生活,那样一种励志的正面价值。或者说,它重新唤起了香港电影的"主旋律":带动一轮怀旧风潮,强化了曾经迷失而近年重拾的港产片本土意识。它成为近年香港电影的标志,甚至奇迹般影响了政府决策,阻止了对取景的老街的拆迁。

　　但是,影片没有肤浅的光明美满,只有在贫困与无常中的成长,"总要信"、"一步难一步佳"走过的艰苦岁月,更能让人共鸣。

　　感人的细节,包括片头片尾都出现的一丛红花。特别是结尾处,那个承载着父母希望的长子早逝,任达华饰演的父亲,从野地里拔来一棵红花小树,栽在坟前,给亡灵的墓碑遮荫。树上的尖刺扎得他满手流血,他默默地用这受伤的手掌牵起幼子的小手。

那丛红花叫簕杜鹃。这是一种生命力旺盛、繁殖能力很强的灌木，四处遍布，耐旱粗生，无须照管，很短时间就能开出鲜艳繁花。这种特性，使它在死亡、苦难的特殊场景中更富意味。2010年初的海地大地震，伤亡惨重，哀鸿遍野，新闻报道中有一张照片令我印象深刻：幸未倒塌的建筑，墙头开满红艳艳的簕杜鹃；一个灾民小女孩，右手拿着一块面包，却仰头伸出左手去采摘阳光中的花束。断壁残垣中静美的画面，劫后余生却未泯灭爱美的天性。

簕杜鹃原产地就是美洲。传入中国后，有很多似是而非的名字：粤港一带唤作簕杜鹃，因为它有着扎伤任达华的锐刺，广东话称刺为"簕"。然而，它并不是杜鹃。福建、华东等地称为三角梅，指其"花瓣"三片围拢成三角状。可是，它跟梅花也没有关系。那三片其实也不是真正的花瓣，只是包拢着白色小花的花苞叶，因此又叫叶子花。但严格来说叶子花这名称同样不对，那并非真正的叶子，而是叶状的苞片，即花朵外围的变态叶。这鲜艳如花的苞片，是代不起眼的小花去吸引蜂蝶来传粉，也起到保护作用。

此外，它还有宝巾、九重葛等名。前者是对原名音译和意译的结合，取其"花"之象形（我还是从俗称那些苞片为花吧）；后者也是象形，指其藤蔓缠绕重重叠叠。莫幼群的《草木皆喜》，列举了簕杜鹃这众多名字，认为"当是源自不同时期、不同地域人们那同样浓度的爱",因此"多名的植物有福了"。——书中的该文题目就叫《因爱之名》。

花非花、叶非叶的簕杜鹃,在南方花期很长,劳伯勋的《南国花讯》即以《南国常艳簕杜鹃》为题称赞之。朱千华的《水流花开——南方草木札记》,说他到广东后惊艳于萧索冬日里簕杜鹃依然汪洋肆意,"开得像瀑布一样张扬"。他把人们阳台这些飘泼铺张的盛放繁花形容为"花瀑"。确实,簕杜鹃的攀援特性让人特别触目,院墙、阳台、栅栏、花架,乃至大树,常常都能见到布满簕杜鹃的簇簇繁花,红艳成片,如火云绛霞,又热烈又恬静。这样的炽烈佳景,也是只在南方才能见到的。

对于《岁月神偷》中的簕杜鹃,有篇影评考证出它的两个"花语":其一是热情、希望、坚韧不拔、永不放弃,其二是"没有真爱是一种悲伤",而这两种寓意正可对应电影主题。我没有这么深入,但原先也觉得,应是取簕杜鹃粗生易长、普通家常的特性,特别是花间有刺、刺上生花的特征,象征市井平民苦难与美好相生之意。总之,我们都认为导演和编剧是出于文艺考虑而选用了这种植物。但其实,错了。

还有影片中不少看起来煽情的情节,特别是学业优秀的长子尚未能帮补家庭就得血癌去世,也为不少人诟病,觉得是老套的文艺片催泪编排。事实却是,这一切都是真的。

整个故事建基于执导者罗启锐、张婉婷夫妇的亲身经历，大至哥哥的悲情早逝，小至父亲拔过一棵箣杜鹃弄得满手是血，都是发生在导演身上的真事。

在这浮躁、虚幻、炒作与山寨成为常态的时代，我们已经失去了相信真实的心态。然而真正的现实中，没有文艺，却比文艺更加剧情化。我们不需要过度阐释，只需实实在在地生活，并且在苦难和美好面前，包括在苦难和美好的叙述面前（哪怕这叙述显得如何文艺），保持一份庄重之心。

2010年10月18—19日撰，

2011年2月11日删订。

# 志明与春娇与烟草

彭浩翔的《志明与春娇》，是我心目中的2010年度最佳港产片，虽然说起来它只是一部小品：小小的香港，小小的群体（在禁烟时期被赶到街头巷尾满足几分钟烟瘾的青年男女），小小的感情故事，小小的波澜……小情小调，小打小闹，如片中杨千嬅的港女口吻："轻轻OK啦。" 但小题材能拍出深度也是大手笔，这小小格局中，展现了鲜活的人情、微妙的心态，十分动人。至于原汁原味的粤语市井口风，和对烟民男女这一群体的正面反映，也让人惊喜。

作为人类如今唯一的气体食粮，香烟正重复鸦片的演化历程：一开始是新奇的药物，然后是上流精英的文化礼仪，接着在商业利益推动下变成整个社会的流行风尚，到渐渐被科学证实其危害人人喊打，最后完全灭绝。如今，香烟也离烟消云散不远了，就像影片中杨千嬅等人在卡拉OK喧闹着唱起的、让余文乐（还有作为观众的我）不由得在角落里若有所思地轻轻跟着哼起的那首老歌，香烟，已是《最后的玫瑰》。

这种饮食习惯、文化风尚的演变是让人纠结的。近年有两本不错的烟书，美国理查德·克莱恩的《香烟，一个人类瘾习的文化研究》(乐晓飞译，中国社会科学出版社1999年6月一版)，英国桑德尔·吉尔曼等人的《吸烟史——对吸烟的文化解读》(汪方挺等译，九州出版社2008年10月一版)，都从人文学术的角度作出专业性探讨，重点都在于"文化解读"。可是，用文化就能解香烟之毒吗？沐斋写草木虫鱼的《温文尔雅》一书，提出一个很有意思的观点，认为烟在明代传入中国是生不逢时，因为中国传统文化精神当时已发生永久性转变，生命力消退，大环境压抑，明人缺乏宋人那种闲情逸致、高雅风尚；倘能提早到两宋时引入，则以宋代的文人风流，通过诗词文赋的描写，烟必能大大提升形象。——这也只能是安慰性的假设。

事实上，香烟天然就有着矛盾性，比如虚与实。先锋女作家海男的《香烟传》(花山文艺出版社2009年1月一版)，是我心目中理想的香烟之书：既有烟草种植和烟草工业等科学性纪实，也有对香烟的需要与抵制等社会性思辨，还有诗意的描写乃至颂歌："香烟从工厂出发，犹如一群白鹭拂过水面。""白昼晃动着一支香烟如白驹逃逸之美。""香烟就是一种拿起来又放下去的故事。"……这种纪实与诗意的结合，一如香烟本身：烟草和烟卷是实实在在、可以贴身把握之物，烟雾却是虚无缥缈的——就以此矛盾统一，去诠释人世的色空，去探听生命的虚实。

我还看过官方编修的《广东省志·烟草志》(左克斌主编，广东人民出版社2000年1月一版)，发现广东烟草业在历史上比现在显赫得多：作为烟草传入和种植较早的省份，广东很早就形成了烟草生产区和烟草制品工业；明末，袁崇焕率两广士兵北上抗清勤王，还将烟丝带入中原。但种烟技术传到省外后，今天广东的烟草业已落后于其他省份。广东从来都只开风气而后继乏力，这跟广东人的性格有很大关系。此一现象也反映在烟草上。

当然这种式微更是香烟本身的命运，是普遍存在的。《吸烟史》封底有一段话："尽管反吸烟主义盛行，但作为一种文化标签，一种表达浪漫和反叛、内省和欢乐的重要手段，吸烟不会从我们身边消失。"然而讽刺的是，另一本《香烟，一个人类痼习的文化研究》的作者和中文译校者，都在赞美香烟之后成功戒烟了。《志明与春娇》的男女主人公亦然，在收获爱情后抛弃了他们的媒人——香烟。

用香烟来谈情，正暗合烟草传入初期的一个别名：相思草。清人陆耀《烟谱》(北京易学研究会图书馆2004年影印[复印本])引用过这一名目。该书关于烟之宜忌，有些好玩的说法,如云:"待好友不至宜吃。"可见烟从一开始就被作为等待、相思的消遣。那么好友、尤其是特殊的好友来了之后呢?"与美人昵枕忌吃。"有伴无须烟作伴,香烟也就完成了使命。所以,《志明与春娇》的最后戒烟结局既是屈从于"政治正确"、弘扬主流价值观,更是一种必然。

陆燿的《烟草歌》有云:"风中有时薄作花,浅白轻红媚清晓。"据说烟草的花叶其实很漂亮,特别是一种用作观赏的花烟草,夏季开多彩芳香的花,有热带情调。(胡运骅主编《花木谈丛》)——如果在我有生之年香烟已被彻底扫进历史的垃圾堆,则作为植物爱好者的我还有退路,就是弄一棵来种种,看花思味吧。毕竟,如吉辛《四季随笔》说的:"烟草本身就是一种激发灵感的温和之物。"

2010年10月19日撰,

2011年2月11—14日删订。

# 开往西伯利亚的蜡梅花

今年春节前，在本邑花街首次见到从长江流域产地运来的蜡梅，高高的枝条不着一叶，只开满密密匝匝的黄花，辉煌喜人；擎一束归家，金香满路，一屋皆春，是我今年厅堂年花清供之新欢。

因之想起了何韵诗。

这位实力派歌手，以其出入雅与俗、前卫而大气的风格，被视为香港乐坛复兴的希望；尤以其"明目张胆"地传承80年代、"艳光四射"地歌颂80年代，使我深有好感。不过，近年她似乎走到瓶颈地带，在创造力上缺乏突破。2010年秋天，她推出新大碟《无名．诗》，转向发展国语歌曲，成绩也不过不失而已；但其中的《西伯利亚开满腊梅花》，却让我特别瞩目，因为她唱出了香港文艺中少有的严寒北地背景和苏俄革命题材："天地悠悠被你亲一亲脸颊，白雪茫茫请你拨一拨头发，千里迢迢送你一个人出发，原来我已爱上属于你的一种傻，从此西伯利亚有我的腊梅花……"

周耀辉写的词，还让香港流行歌曲有了一个新意象：蜡梅。岭南虽有梅花，但罕见蜡梅，出现在粤港作品中就更稀罕了。

　　蜡梅之名，在唐代已见于杜牧诗篇，不过因花型、花期、香气等相近而常与梅花混淆（两者在植物分类上完全没有关系，蜡梅以黄色为主，梅花则极少有黄色的）。至北宋，黄庭坚正式在主流文学中将两者作了区分，其《山谷诗序》引用民间说法，指出蜡梅花"类女工捻蜡所成"，故得名。至于学术记载，则见于随后的范成大《石湖梅谱》，他也认识到蜡梅非梅，只作为附录列入，并对蜡梅之名给出另一个解释："色酷似蜜脾"，也就是说它的花色像酿蜜的蜂巢（又称蜜蜡）。到清初陈淏子《花镜》，增加了一个新说法，是此花之名实的汇总记载："……色似蜜蜡，且腊月开放，故有是名。"所以蜡梅又名腊梅，何韵诗那首歌就写作腊梅。（本文以下引用也遵从原文，或蜡或腊。）

　　不过，虽说蜡梅与梅花在某些方面相近，但两者还是有区别的，蜡梅也正是因此被人赞赏。首先，它开得比梅花稍早，伴人岁末迎春，周瘦鹃《花木丛中》的《发寒独秀蜡梅花》，指出蜡梅是"严冬园林唯一的点缀"。仇春霖《群芳新谱》的《一枝黄梅春已多》（按：黄梅是蜡梅早期与梅花相混时的原名），也称赞蜡梅于霜雪朔风中冲寒而开，独占春魁。

其次，蜡梅馥郁的香气为人喜爱，陈俊愉《梅花漫谈》中有一篇《梅花和蜡梅》，比较二者异同时说："梅花以暗香著称，蜡梅以清香闻名。两者均芬芳可喜，却又各有妙处。"不过，不少人更推崇蜡梅之香。如仇春霖说："花卉中，以清香冷艳为奇的，我看以蜡梅为最。"其香味"艳而不俗，浓而且清"，令人感到"幽芳彻骨，心荡神浮"。周沙尘等编《观赏中国名花》，其中蜡梅的篇章更直接以题目表高下：《蜡梅香韵胜红梅》。此外，真柏《花花草草的七情六欲》写蜡梅的《我行我素的沁香书生》，对其香气作了优雅独特的比喻："仿佛恃才傲物的书生，仅凭着一袭独到的沁香，便将……人类迷得如痴如醉。"

蜡梅的用途，除了入药等之外，最妙的是宋僧赞宁《物类相感志》所记（明代《本草纲目》和清代《广群芳谱》这两本巨著分别袭录和引用）："蜡梅树皮浸水磨墨，发光彩。"这特别让读书人觉得亲切。

蜡梅之典故，最有意思的是"梅花妆"。相传南朝宋武帝的寿阳公主，正月初七人日卧宫檐下，风吹梅花落其额，成五出花纹，拂之不去，一时仿效者众，唐代更成为宫廷流行妆样。有的学者指那就是蜡梅（如杨林坤等整理的《梅兰竹菊谱》），我估计这是因为看到很多古画中的女子梅花妆皆为金箔花饰，近于蜡梅花色，遂有此附会；实际如前所述，那时候蜡梅还未从梅花中独立区分出来。不过姑录此说，以存古雅。

蜡梅的历代诗词吟咏，便多围绕上述种种铺陈，我感到写得最好的，是宋人高荷的一首《蜡梅》："少熔蜡泪装应似，多爇(燃焚)龙涎(一种著名香料)臭(气味)不如。只恐春风有机事(机密要事)，夜来开破几丸书(以蜡封缄之书札信件，又：蜡梅花蕾如蜡丸)。"类似的想象，还有杨万里的"殷勤滴蜡缄封印，偷被霜风拆一枝"，更通俗易懂，但情思深密则略逊。

当代的蜡梅之作，要数两个结尾最让我回味。郑逸梅《花果小品》中的腊梅篇，介绍文史知识后，以清雅笔调回忆昔年于腊梅花间的执卷吟哦之乐，表达悠悠系念之情，简古动人。汪曾祺也写过以回忆为题材的《腊梅花》，先用美妙文字记述儿时家中后园的腊梅："满树繁花，黄灿灿地吐向冬日的晴空，那样的热热闹闹，而又那样的安安静静，实在是一个不寻常的境界。"然后写他那时爱把腊梅花采下，用铜丝穿起，中间嵌入天竺果，做成很好看的小工艺品，送给女性长辈拜年。写到这里，这位当代小说大师忽然笔头一转，紧接着用突兀的一句话收结全文："我应该当一个工艺美术师的，写什么屁小说！"这是跳出文章套路之外的神来之笔，活现了一个性情中人。

这里顺便插说一下：金黄的蜡梅花配鲜红的天竺果(又

名天竹、南天竹等），是传统岁朝清供的搭配。周瘦鹃写过三篇蜡梅，均与天竹并谈。其中一篇《岁寒二友》，说在冬日里，天竹结了红子等待着蜡梅花，"于是倾盖相交"，"恰像两个好朋友相视而笑，莫逆于心一般"。写得真美。因此我春节前得蜡梅花后，专门去买了一个绘着簇簇小圆红果的花瓶，以之虚应天竹的鲜艳火珠，让佳侣成就良缘，自己则聊续风雅古意。另外，天竹还有一个别名叫南烛，字面上也恰好，与蜡梅成"蜡烛"之呼应。

到现在，终于有了岭南人的蜡梅佳作，周耀辉词、何韵诗唱："有些思念依然哀伤却烂漫，等着你回家。""从此明白时代很大，原来我已爱上属于你的一种傻。""当世界有点暗，当我们有点傻，等西伯利亚开满腊梅花。"这描画的该是一幅久远的情景：冰天雪地的苦寒中，那些俄罗斯女子，在刚毅坚执地送别和等待被流放的革命者。那是我这代人的童年阅读记忆，后来俗世滔滔，天翻地覆中集体遗忘，于今却在两个香港人那里展现。

当然，他们只是借之为背景，以此表达对理想的热忱追求和执着坚守。但无论如何，蜡梅花在这里用得很好，它的特性正符合歌曲的精神。

但也有人提出疑问：西伯利亚真的有腊梅花吗？查《中国花经》的冯菊恩等撰腊梅条目，说腊梅是原产我国的特有花木，传播国外栽培不多，较盛的只有日本和朝鲜。因此，从地理位置推论，不排除腊梅花确实开到了西伯利亚。

它也开到了南方，从此香港乐坛有了腊梅花。那份冷傲的清艳、浓烈的清新、灿烂的脱俗，仿佛正是何韵诗的韵味呢。

2011年2月11—12日，

时人日已过，蜡梅落尽不成妆矣。

# 幽林一清峰,淡酿桂花香

　　这么多年下来,林一峰的清新纯净始终如一。但在那斯文平静的外表下,其实有着一颗活跃探索的心,不变的是"城市旅人"的"游乐",变化的是游走和游吟的对象:他的歌曲主题,从一开始的"布拉格"等异域风情,到后来的"涂城记"等香港记忆,再到"公司里的爱琴海"等都市人心灵世界,不断探寻、不断丰富,无论现实中还是创作上,他都是名副其实的旅行家。2011年3月推出的《花诀》,又迈向一个新领域:回归古典,回到中国传统文化。

　　这张以花为主题概念的国粤双语专辑,几乎全部由林一峰包办词曲,文字典雅精致,化用大量典故,甚至直接融入经典诗篇,极具书卷气;音乐美妙动人,既迥异于流俗,又不排斥流行,非常耐听。令人惊艳的是,还找来了同样低调、个性、有艺术功底的女歌手黄馨加盟。"黄馨"恰好还是一种婀娜春花的名字,她那独特的唱腔,真真动人心弦,让这张《花诀》锦上添花。此外,歌曲编排别出心裁,整张专辑呈现一种奇妙的完整性,有如一件完美的艺术品。

对中国传统文化,林一峰不仅借来了形,更参透了神。如他所说的,把诗意典故演绎成现代流行曲,是为了表达委婉、含蓄、单向、幽微的东方式爱情。

于是花开花落,便不是包装的情调,而是深邃的情感。我们透过这些《万花筒》,可以品味"随万花开放心在变"的爱欲考验、贪嗔痴缠。这里,有《春花祭》的勇敢,直陈"陌上桑"(代表古代出轨女子)的心声:"欲望卷起潮水,渴望着春泥的安慰。"甚至,还有正面描写一夜情的《昙花夜》,写得唯美之致,唱得温柔之致。当然,也免不了《镜花缘》的哀婉:"风吹心动,都已平静了/镜花醒觉水里凋/暮雪染青丝,不见旧人的欢笑/这一切应该已完了/你应该已忘了/我应该也忘了。"(但"应该",其实是"并不"的意思吧。)

然而,我更看重的是这些浓烈情感之外的一份清淡情怀。如《毋忘花》,无论风雨霜雪时光变迁,"老情人心照不宣","仍期待下一花季可再见,会承受你的改变";或者不见又何妨,"长留在我心的你不会变",爱,只会随着时日而更加厚实。

这方面最突出的是《桂花酿》,写尽了一种岁月流逝纷扰流变间的细水长流关系,值得多引几句:"高低起伏淡去了……伴随着喜怒哀乐终究要散落/你的笑容溅在我心上/我还记得。""感情总要流过时间历尽千山万水/把两心提炼……浪花消失了总带来凉静风恬/我的河流终究要回到你的双眼。""蓦然回首时,灯火阑珊处/你的眼睛温暖我的路/照亮我回忆深处","像桂花,像清酒/淡淡的爱,慢慢的酿……慢慢的尝。""桂花下牵的手/世界再乱也不怕失散/用感情酿的酒/岁月再长也不会变淡。"

这还不止,以上只是国语版,此歌还有粤语版,分成五段散落在全碟中作为过渡间奏曲,就像散落在年月长河中的心声,让林一峰一再吟唱:"我信感情要等时间川流磨灭不到,方算精彩/提炼过程遇考验,但过后就更清澈,收放也自在/……还是选择细水般淌过,淡淡去爱/成熟了无惧了,于心里淡淡记载/午夜阑珊处,灯火暖客栈/远望时光背后路漫漫/有你祥和一双眼/如晚舟,像初雪/在宁静里稍见清减/如桂花酿的酒/在年月里不会转淡。"

词、曲、唱都令人心醉,这样的情感,真美,真好。

林一峰谈《桂花酿》的创作背景和灵感:"五月时走在杭州西湖旁的小路,沿途充满桂花香,越努力却越闻不到,反而慢慢走,花香偶尔随风而来,才能感受到淡淡然的幸福,于是我便写了这首歌,送给天下有过经历的幸福有情人。"

他说的是四季都能开花的四季桂。我也曾在农历八月的"桂月"走过西湖，桂花香气处处漂浮，甜蜜与惆怅相混，让人思忆恍惚，不禁伤恼……却也曾在春日故园花树间，重拾最初的单纯"落叶"，沿路桂花清香相伴，悠悠说些闲话，那正是数不清的岁月说不清的波折过去后，回复的明亮欣悦、澄澈平和……又曾与人谈起"闲"的问题，我说，"闲"是门中有木，家里有树才是闲，比如自家阳台上得自好友相赠的一树正在飘香的桂花……

桂花细如米粒，虽然密匝成簇，但作为观赏则姿容稍逊，它的好处正在于独特的香气，清、浓兼具，既浓郁又幽远，既甜暖又冷洌，浮香馥郁，沁人肺腑，历来被称为"天香"。

桂花之于情，李孝铭《茶用香花志》(中国财政经济出版社1983年11月一版)记，战国时期，燕韩两国互赠桂花表示友好往来；现今盛产桂花的少数民族地区，青年男女还常以互赠桂花表达爱慕之情。殷登国《中国的花神与节气》(台湾民生报社1983年6月初版、1984年12月二印)介绍，中国古代的桂花女神有两位，分别是唐太宗贤妃徐惠和晋代石崇的宠妾绿珠，皆为殉情而死。想到唐太宗的皇帝身份和石崇的富贵骄奢，这种弱女子以身殉主的命运让我觉得不是味道。倒是古希腊神话中有个近似的故事，情味却截然不同。

　　那是远古初开的天地，太阳神阿波罗追求河神的女儿达佛涅，后者不喜欢阿波罗，为了逃避，宁愿舍弃生命变成一棵月桂树。阿波罗很悲伤，抚树而泣，发出感人的浩叹："你既然不能做我的妻子，美丽的达佛涅啊，至少你要做我的树……"从此，月桂成为阿波罗的标志，古希腊竞赛胜利者会头戴月桂枝叶编成的"桂冠"。——不过，月桂乃原产地中海的樟科植物，与原产我国的木犀科桂花仅是名字相同。

　　如今，林一峰把桂花与情感的联系写得唱得更为深入贴心。关于桂花的歌并不稀见，整整三十年前，罗文也出过一张以花卉为主题的概念大碟《卉》，里面便有林振强作词的《桂花》。但这首《桂花酿》无疑达到了一个高度，甚至在流行歌曲之外，在花卉文学、情感文学中都可占一席位。就像清秀的孤峰下，幽静的树林中，酿出了一片淡雅的桂香，带来素淡、恬淡的气息。洁尘《半如童话，半如陷阱》(福建教育出版社2010年2月一版)的《神谕之花》一文说，桂花的花语是"吸入你的气息"。且让我们静静吸入，细细回味。

　　　　　　　　　　　　　　　　　2011年6月22日夏至完稿

附记：

古罗马奥维德的名著《变形记》，记载了大量神人化身变形的古希腊神话，其中阿波罗追求的达佛涅变成月桂树，被称作"化为植物的最好例子"。但除此之外，涉及阿波罗的类似故事还有不少。这位永远年轻的太阳神，是音乐、诗歌之神，更掌管着给人世带来光明热量的太阳，可谓有才、有艺、有貌、有权，简直是帅哥、文艺青年与成功人士的完美合体，让人仰慕喜爱。他还是一位开风气之先的双性恋情种，而且有个显著的特点：经手的恋人，不论男女，死后都能化身花木，月桂、风信子、柏树、乳香树、向日葵（或金盏花，或向阳花）等都是这么来的。这是我最喜欢阿波罗的地方，让情人们与花木结缘，让爱情消亡后得到美好的托生。

# 风信子的悲欢花诀

在新专辑《花诀》中，林一峰回归古典，完美演绎了跨越岁月长河的种种情感。一般人都会留意到，歌曲中运用了大量中国传统名句和典故：从李后主到辛弃疾，从《牡丹亭》到《镜花缘》，从孟婆汤到陌上桑，等等，整张大碟充满东方文化意象与情怀。

但其实，所写所唱的诸种花事中，还暗藏着一个重要的西方文化典故，却被几乎所有人忽略了。那是我很喜欢的《风信子》："你的情，是风信子纯洁的迷思/……他的迷，是写在远古的悲剧/太阳的热炽，西风的毒计/不同方向，却至死不渝……" 这里唱的，是一个来自远古西方的凄厉悲剧。

风信子，花型奇特可爱，花朵密集成串如圆柱，颇具装饰效果；春天开放，花色多样，艳丽娇美，香气浓郁；原产地中海地区及西亚等地，很早就进入古希腊人的视野。吴应祥《植物与希腊神话》介绍此花的由来：众神之神宙斯有个女儿乐神，因得罪了爱神阿佛洛狄忒斯，被爱神诅咒要生一个不男不女的孩子。乐神生下一个男孩许阿辛托斯,长大后美丽俊俏,先为河神的儿子塔密勒斯所爱,后者是第一个爱上男性的男人。后来,许阿辛托斯又分别为西风神会洛斯和太阳神阿波罗所爱,并最终与阿波罗在一起。一次阿波罗在投掷铁饼时,嫉妒的西风神将铁饼吹向许阿辛托斯的头部,把他打死了,血液从他头上"哎拉斯、哎拉斯"地流出来,长成一朵鲜花,后人用许阿辛托斯(Hyacinthus)来命名,即风信子。——林一峰《风信子》中"太阳的热炽,西风的毒计",即源于此。

不过,也有说这个悲剧无关"西风的毒计",纯粹是阿波罗在和许阿辛托斯在投掷铁饼耍乐时失手的意外。英国古普佛《希腊罗马神话故事》即采此说,描写阿波罗误伤许阿辛托斯致死,"他的头像枯萎了的鲜花一样垂下来了,他也像一朵凋谢的鲜花似地死去了"。阿波罗悲不自胜,长呼其名,放声痛哭,奏琴怀念……一曲终了,许阿辛托斯的尸体变成一朵颜色有如其鲜血般的紫色鲜花,这就是风信子。

不管关不关西风的事,风信子都是"太阳花",产生于太阳神与同性美男子之爱。虽然还有其他出处,如说是特洛伊战争中英雄阿基琉斯战死后,埃阿斯(Aias)争夺他遗下的兵器失败,气愤自尽,其血所染土地开出鲜红的风信子

（［日］秦宽博《花的神话：所有浪漫的起源》，叶芳如译，台湾可道书房2008年3月一版），但毕竟不如阿波罗与许阿辛托斯的故事流传广远。据说从前的风信子花心有深色花纹，近于希腊文"AI"，即"唉唉"叹息之意，或者流血的象声词"哎拉斯"，就是阿波罗刻在花瓣上表达悲伤的。（现在风信子并无这种花纹，有人因此认为古希腊所称的风信子与现在的不是同一种花，而是飞燕草等其他植物。）

　　《花的神话》等书还介绍了风信子的其他花样：宙斯和赫拉夫妇用风信子作贵妃椅；为纪念这对天神天后的结合，古希腊的新娘花冠是用风信子做装饰的；弥尔顿的《失乐园》中，亚当和夏娃的睡床也用风信子做成。还有那个爱神阿佛洛狄忒斯，是经她的诅咒才出现许阿辛托斯，却原来她也使用过风信子。阿佛洛狄忒斯是"从海水泡沫中浮出的美女"，她为了与雅典娜、赫拉争夺代表最美丽女人的金苹果，就协助当裁判的帕里斯拐走海伦，从而引发著名的特洛伊战争；在那场"帕里斯裁决"中，她为了比其他女神更突出，曾收集风信子的露水来沐浴。——风信子花很香，在古代被当做香水使用，现在也是制作香精的原料。

　　以上都是神话传说，见诸古希腊文献中的风信子，最著名的是女诗人萨福的一阕残诗："正如山中一枝风信子，被牧人/脚步践踏，在地上，紫色的花……"

萨福,普遍认为是女同性恋的始祖,女同性恋一词的英文,即源于她设立女子学校的故乡岛屿名字。至于男同性恋,在古希腊更加盛行,蔚然成风,留下大量记载,太阳神与美少年的故事只是这种时尚的一个折射。——古希腊人在性方面的开放远非今人所能想象,一如天地之初开,纯朴自然地穷尽各种可能性。同性恋成为古希腊人生活和文化的一部分,背景就在于他们"身心俱美"、人的各方面都得到酣畅发展的整体性、全面性观念。

　　——介绍这些风信子的典故资料,跟林一峰的《风信子》又有什么关系呢? 答案是,这首歌可视为他的心声:多年前初出道时,林一峰就已在媒体承认自己的同志身份。他的早早自白,反而让媒体无可炒作,磊磊落落,值得赞赏。我们已无法回复古希腊的坦荡高迈,但林一峰能尊重自己的天性且坦然公开,不失古希腊之风。现在又写和唱男同志之花风信子,而且在专辑中出现了两次,有"春"、"秋"两首不同编曲的版本,既是他对此歌的重视,也似乎暗示着人的多面性,爱并非只有单一取向。

　　事实上风信子的"花诀"也有对立的两面。因为那美少年的早亡、太阳神的欢愉匆促,德国玛莉安娜·波伊谢特所著《植物的象征》说:"风信子首先象征着一切美好事物的转瞬即逝。"鲜血染成的花、叹息的花纹,自然代表痛苦。

可是，法国菲利普·索莱尔斯编撰的《情色之花》（**段慧敏译，南京大学出版社2010年8月一版**），却说风信子这种情色之花象征"心的快乐"。同样来自法国，大哲学家卢梭在晚年逃亡避世之时，以花草为慰藉，倾心于植物研究，曾为了给友人的小女儿提供植物学基础知识，写了一系列入门教程性质的书信，结集为《植物学通信》，其中一封便将风信子作为欢欣光明的使者："当你沿着我为你描绘的这条'花径'漫步时，或许能获得和我一样多的快乐。当花园里第一缕春光到来，洒落在风信子、郁金香、水仙、长寿花，以及铃兰等你已经熟知的植物上时，阳光也将照亮你前进的道路……"

将痛苦惆怅与欢欣快乐都排除出去、却又将两者统一起来的，是萨福那首残诗。上面引的是田晓菲的译文，而在她之前有多种或"积极"或伤感的译本，田晓菲避免了前辈翻译者的"主观重构"，忠实于萨福的原文：在践踏下开放的风信子，谈不上顽强，也不见得悲苦，它只是就那样开着。这种无忧无欢的大气，也正是古希腊的风度。

风信子悲欢交汇、圆融自在的特质，既属于同志，又超越了同性之爱。正如林一峰的《风信子》，那种"纯洁的迷思"，是普适意义的情爱，装饰着所有人的梦。

**2011年6月下旬**

附记：关于风信子引入中国和进入中文问题

风信子这种植物引入我国，应在清末民初，因为清代大型植物专著《广群芳谱》、《植物名实图考》均未见此花踪影，正式以"风信子"之名收载并介绍其性状、栽培技术的，是1936年10月初版的沐绍良编译《观赏植物图谱》，及1942年编成、1949年刊行的黄岳渊父子《花经》。

以上是植物专业图书，而在文学作品中，"风信子"的名字出现要更早，这有赖于那个太阳神与美少年的故事。

我所见到的中文资料最早出处，是毕生倾力将古希腊文化引荐给国人的周作人。早在1923年7月一篇《希腊的小诗》中，他引用、翻译古希腊美勒亚格罗思的诗歌里，便有风信子，以及"木水仙"等多种花卉。然后，1924年4月的《续神话的辩护》一文，周作人首次提到"许阿庚多斯（阿波罗所爱恋的美少年的另一译名）死而化为风信子"。1925年5月写的一篇《希腊人名的译音》，又提到"两个美少年而变为花草者，即今之风信子与木水仙"。（按："木水仙"，指一个临流顾影的自恋少年死后变成水仙。不过有说当时的水仙与现在的水仙不同，不知是否因此，周作人另译为"木水仙"以示区别。）

但最先完整地译出阿波罗与风信子故事的，却并非周作人，而是1928年8月出版的汪倜然《希腊神话ABC》，里面从美国托马斯·布尔芬奇《神话时代》（近年曾以《希腊罗马神话》

为书名出过中译本）一书转译了这个故事,用的也是"风信子"这一名字。

后来周作人也译出了这整个故事,不过,却出现了奇怪的反复。那是他从30年代末到50年代初一再翻译过的古希腊阿波罗多洛斯《希腊神话》,其中自然有阿波罗与风信子故事,周作人却译成"木水仙"。——莫非他忘了自己当年的首创,忘了"木水仙"属于另一水仙少年?

类似的,是他1926年3月的《希腊女诗人》一文,引用萨福那首其他所有译者都译为风信子的诗篇,也是与别不同地译成"水仙"。事实上,他是知道风信子与"木水仙"二者不同的,除上面说到的《希腊的小诗》曾将两种花并列外,他1949年所译的英国劳斯《希腊的神与英雄》,里面一个别的故事里,也同时出现了"风信子"和"木水仙"。然则他推翻自己早年所创,在阿波罗多洛斯《希腊神话》译本里,把那太阳神的美少年的象征之花风信子,变成顾影自怜的另一美少年之"木水仙",把两种古希腊神话名花混而为一,这种自我否定、知正而改误,实在让人费解。

在另两个民国译本里,也出现过这笔译名糊涂账。1929年3月出版的郑振铎编译《恋爱的故事》(近年曾以《希腊罗马神话与传说中的恋爱故事》为书名重印),1930年2月出版的海鸥译、英国法郎锡兰原著《神与英雄》,均收入阿波罗与风信子的故事,但译名均非"风信子"。前者,郑振铎译作"玉簪花"——然而,同一书中其他篇章又有"风信子"之名,可见郑振铎是知道这个名称的,却与周作人一样,在关于此花诞生的篇章里颇怪异地译为另一种花。后者,则译作"唐水仙"。这倒与周作人的"木水仙"可有一比。

周作人、郑振铎都是治学严谨、对古希腊神话深有研究的大家,"木水仙"、"玉簪花"云云,要么是"智者千虑必有一失"的手误,要么是"智者过虑"了,正因为他们太博学,有可能了解到"太阳神故事里的风信子不同于如今的风信子"这种说法,出于谨慎乃译作其他名字。还有另一种可能:风信子以其形状和可以用水栽培的缘故,有个别名"洋水仙";当"风信子"这一汉译尚未完全普及之时,周作人和海鸥便据此生造出"木水仙"、"唐水仙"来。事实上这两个名字已不见于今天的规范植物书籍。我们不必盲从名人,也不必管古希腊神话里的风信子(以及水仙)不同于现在同名花卉这种专业意见,还是从俗用通行译法为好。这样,当我们看到风信子(以及水仙),就会想起古希腊美少年的哀婉故事,从而在一棵花草中,与远古天地神迹接上幽微的联系。

2011年7月,遍览手头数十种希腊神话补记,

至7月20日记毕。

# 越南越繁茂的木瓜与荷花

　　九年前的夏天，曾由陆路穿越山区去过越南；今夏本拟从海路重临的，因遇台风折返了。

　　沿途读胡守为先生的《岭南古史》，对越南（特别是其中北部）古代属于岭南一部分的历史加深了了解。尤其侧目的是，书中记载那片热带土地历来甚多纷扰，战乱不断，数不胜数。而到近代以来，因为多了法、美等外力角逐，更趋激烈，战争、革命、分裂、统一，连绵无休，其变幻和惨烈在某种程度上比我们中国还要震撼眩目。

　　可是，在那种持续的暴烈纷乱底下，却又总有着安静朴实的生活，怎样的无常苦难都不能摧毁的清幽之美。这一点，我当年在越南乡村和城市亲历的感受，以及黄碧云的《双世女子维洛烈嘉》都可验证——这个中文短篇小说的杰作，值得再三回味。黄碧云在精短的篇幅里，在梦幻与现实的交接处，透彻地写出越南的变迁，历史的吊诡，人性的苍凉，命运的翻覆，以及，生命的坦然清亮、生生不息。

当然,更切实的表述应来自越南人自己,比如三部出色的电影。

出海之前重看的陈英雄处女作《青木瓜之味》,剔除掉社会政治的动荡变乱,摄取大时代背景下宁静得唯美的人家,悲欢而朴素的日子,细水长流的成长。夏日花木繁茂的庭院,缓缓地焕发出生命光彩的少女,点点滴滴地饱涨却又含蓄婉约的情感,一切,都像青木瓜静谧的成熟,让人感怀寻常生命的镇静与安详,浓烈与绵长。——香港诗人梁秉钧后来也有一首《越南的木瓜树》,以其惯有的小中见大手笔,冷静地写出越南的历史虚无与人性实在:"那儿有经历了战火的一株株木瓜树 / 在伤害里生活下去,刀伤里流出甘美的白色乳汁。"

说起来,《青木瓜之味》还是一个少爷与丫环的故事,但难得的是,电影完全没有居高临下的男方视角(如某些腐朽文学)或被压迫要反抗的女方视角(如某些革命文学)所造成的卑琐气息,陈英雄拍得那样自然,那样纯净,是真正的赤子之心。

如果说《青木瓜之味》像一篇不食人间烟火的散文诗,陈英雄后来拍的《三轮车夫》则是直面底层现实的现代派荒诞小说,通过朗诵"没名字的是河流,没颜色的是鲜花"的黑社会头目,皮肉生涯的女子等边缘者,拍出挣扎与毁灭的生存悲剧，显示他从多方面对故土浮生的关注。片中一首歌尤其让人唏嘘："只剩下你陪我，时光的颜色 / 日暮渐散，你秀发飘起 / 踌躇踯躅 / 诗人徒劳地浪荡街头 / 蓦然发觉路已迷失 / 只剩下你陪我，青苔覆盖的街树……"

　　另一位越南裔导演包东尼的《恋恋三季》，讲述"三种被遗弃的情感关系"，更讲述了过去与现在、记忆与将来：隐居在广阔荷塘中、寂寥庙宇里的垂死老诗人，一心想回到从前的淳朴天地，在采莲少女所唱的旧时歌谣中得了最后的慰藉；少女挑着诗人引以为傲的荷花，到已被霓虹灯、大幅广告牌、可口可乐罐包围的老城街头叫卖，却发现流行的是塑料荷花；老美军找到越战时风流邂逅所遗下的女儿，不知他的忏悔能否弥补心中永远的罪疚……但也有通向未来的暖色：少女接过诗人的遗稿，坚信他的作品会有知音；三轮车夫终于以纯朴的执着打动了他钟情的妓女，他载着她来到开满红花的街树下，落英缤纷，她重拾了昔日的纯真……电影语言淡淡如荷花香气，展现了岁月如流中无奈的感伤，和向往的安慰。

　　越南与中国的关系、彼此的情感，都很复杂。我自然不会喜欢越南人凶悍好斗、狡诈反复的那一面，却欣赏那厚实的南方土地上，总有蓬勃茁壮的青翠生机。

**2008年8月11日**

附记：

浮海归来再到香港，购得饶玖才的《香港方物古今》，其中关于番木瓜，饶氏对这种热带果品旁征博引一番后介绍了它的一个有趣特性：番木瓜分为雄株（只有雄性花）、雌株（只有雌性花）和雌雄同株（同一棵树上有雌花和雄花）三种，雌株结的果量多体大，雌雄同株次之，雄株栽培价值最低，因为一般不能果。但也有例外，有时候这些"木瓜公"亦能结出果实，何解？"那是由于番木瓜的雄花内有退化雌蕊，如果土壤肥沃，植株生长壮健，气候比较干燥的话，会导致雄花内的退化雌蕊发育增大，形成果实，但其果体积比较细小，果柄长，肉薄且没有种子。"——植物的神奇如此，大自然的体贴如此，真让人兴叹。

# 假如生活柠檬了你

最近，一部描写中韩跨国爱情的电影，因为片名叫《柠檬》，勾起了我的一点兴趣。不过看到网上一片吐槽烂评，就打消去看的念头了。

看过电影中最难忘的柠檬，是朱塞佩·托纳托雷《西西里的美丽传说》。在导演的故乡意大利西西里岛上，一个美人与一位少年的故事，关乎成长和生存，关乎性和人性。沐浴中的玛莲娜，用切开两半的柠檬抚擦绝色的胴体，让偷窥的男孩怦然心动。那是青春萌发的诱惑启蒙，也隐喻着对时代强加的污垢的洗刷（在历史的洪流中，她的美丽成了罪孽）。那个柠檬，该是电影史上最香艳的植物之一。

也来自意大利的作家皮兰德娄写过一篇小说《西西里柠檬》，讲贫寒青年帮助有歌唱才华的恋人走向音乐殿堂，但她事业成功后沉迷荣华富贵变了心；他去看望她，带来一袋沾着家乡泥土味的西西里柠檬，她却无视情人的心意，只拿着这喷香的鲜果去招待上流社会的先生们。——非常传统的批判现实主义故事。可惜了那些柠檬。

王樽的《色香味——影像中的水果》(东方出版社2005年9月一版),有篇《明黄色的异样心情——柠檬的滋味》,介绍了另一部电影、另一篇小说中的柠檬。

美国导演罗伯特·奥尔特曼的《银色·性·男女》,取材于雷蒙德·卡佛的小说,基调是家家有本难念的经,人人都有潜藏的残缺和变态,"平静生活下汹涌着暗流"。其中一个故事,柠檬多次出现在嫉妒猜疑的夫妻生活中;到结尾,疑忌澄清了,夫妇和朋友一起吃饭,几个人怪怪地把柠檬整个放在嘴里大嚼,电影在这荒诞的画面中结束。——王樽放弃对这安排寓意的猜测,我却忍不住要从最浅显的层面去理解:柠檬代表带着酸意醋意乃至恶意,即使后来貌似问题解决、大家和好,但嫌隙是永远存在难以消除了,从此都横亘在生活中,就像柠檬塞在他们的口里。

该文还谈到:"柠檬的滋味让人想到走向成熟的酸楚,想到少年的心事,不少人以如此的感受书写到它。"如伍尔芙的小说《柠檬的滋味》,"揭示成长的况味,以及像柠檬一样年轻女子非凡的生命力",同时又弥漫着"青春的青涩和生活的辛酸"。

王樽总结说,柠檬"平和的表皮里是尖锐的刺激,剧烈的酸涩下潜藏着细腻的芳香",这情味恍如"刚刚萌发的恋爱","甚至是婚外的情人"。而就像柠檬一般不可直接食用、只供调味一样,这种感情也"永远都是配角"。——不过,他前面谈到不少油画名作中出现过柠檬,也用这种调味的角色来比喻,说柠檬"充当着调节颜色和构图的作用";但,这却"让整个画面增加了灵动和意蕴"。这样的意味,也是耐人回味的。

除了电影和小说,歌曲中也有柠檬,经典的《柠檬树》还有多个版本。

最早是20世纪60年代美国民谣组合"彼得、保罗和玛丽"的《Lemon Tree》,说小时候父亲告诉他不要相信爱情,因为爱情就像柠檬树,树漂亮,花也香,但果实却不能吃。后来一个夏天里,长大了的他就在柠檬树下,因恋人的变心背弃而验证了这样的甜美和酸苦。

到90年代,德国组合"愚人花园"推出另一首《Lemon Tree》,唱的是无聊的男子等不来心上人,柠檬树在歌中代表孤寂。随后,苏慧伦分别用国语和粤语演绎过这首歌,角色换成女孩子的单相思。其中国语版许常德的词写道:"爱多美丽,充满香气,只是在心里它总是酸溜溜的。"比喻很贴切。这几个版本,都被其他乐队、歌手翻唱过。

——上面列举的现代文艺中的柠檬,是爱、情、性的象征;而在我国古代,更重视柠檬的现实作用,还特别指向情爱之后的另一种身份：孕妇(母亲)。

　　薛理勇的《谈瓜论果》(上海文化出版社2012年6月一版)说："也许柠檬被中国人所认识是比较迟的。"因为他在"所读过的清代中期以前的著录中没有见到过'柠檬'"。高明乾主编的《植物古汉名图考》更说柠檬在明清时代未见记述。这种说法既对也不对，因为古代中国的柠檬不叫柠檬，一般称为黎檬，又有宜母、里木等别名。在历代笔记杂著中，黎檬很早就见于记载了，且还在饮食发展史上占有重要地位。

　　《植物古汉名图考》和一些专家提到最早记述黎檬之名的，是苏轼。查苏轼《东坡志林》有一则《黎檬子》，写他有个朋友黎錞，富于学问但为人有点钝，被刘贡父戏称为"黎檬子"(即我们今天说的迷蒙、懵懂)，却不知原来真有这样的果子名，一次大家出门时，听到市集中有人叫卖黎檬子，"大笑，几落马"。后来苏东坡被贬到海南岛，住的地方有黎檬树，果实累累，但黎、刘这时都已去世了。他睹物思人，"坐念故友之风味，岂复可见"。——柠檬在这里是怀人感兴之物，同时也说明北宋时(苏轼生活在11世纪)，黎檬果已进入市场了。

　　到南宋初，黎檬开始在植物专章中占一席位。范成大记录广西等地岭南风物的《桂海虞衡志》(成书于12世纪后期)有一条:"黎朦子,如大梅,复似小橘,味极酸。"

　　紧接着的周去非同类著作《岭外代答》记黎朦子,在抄录范成大那几句后补充说:"或云自南蕃来(值得注意的是,该书著于广西,那么他说的南蕃,该是更南的南亚等地),番禺(广州一带)人多不用醯(醋),专以此物调羹,其酸可知。又以蜜煎盐渍暴干,收食之。"

　　然后是元初陈大震编撰、现存最早的广州方志《南海志》(通称《大德南海志》,成书于14世纪初),更详细记载了代醋调味和制作蜜饯凉果之外的另一用途:"宜母子,一名黎檬子……用里木榨水,煎造'舍里别'。'舍里别',蒙古语曰解渴水也。凡果木之汁,皆可为之,独里木子香酸,经久不变。里木,即宜母子,今(广州附近)创置御果园共二处,栽植里木树,大小共八百株。大德七年(1303年)罢贡。"

　　杨宝霖《自力斋文史农史论文选集》(广东高等教育出版社1993年10月一版)在介绍《南海志》时,举出这条资料,认为是黎檬的大规模种植和我国果汁专业生产(供应宫廷贡品)的首次记载。

　　不过,胡起望等《桂海虞衡志辑佚校注》(四川民族出版社1986年9月一版)在黎朦子的注释中,引用了10世纪后期北宋乐史的《太平寰宇记》一条记载,将这解渴水果汁的产生年代大大往前推移:"贺州(广西东部)土产:黎母汁二瓶，开宝四年（公元971年，原注误为917年）准宣旨进。"校注者因而指出："以此果之汁制作的解渴水，早在唐代即已作为贡品而闻名。"——这里有个讹误，因为校注者将开宝四年注错了，导致以为那是唐朝的事；但其实开宝是北宋太祖的年号，当时广西在南汉国治下，但就在开宝四年给宋军灭了，那些黎母汁应是进贡给宋太祖的。不过无论如何，《太平寰宇记》是比苏轼更早的黎檬记述（虽然用的是近音的黎母之名）。算起来，原来我们今天喝的柠檬汁饮料，竟已有一千余年历史，来头可不小。

《大德南海志残本》（广州市地方志研究所1986年9月印）提到"宜母"这个名称，在17世纪后期、清初屈大均的《广东新语》有具体解释："宜母，子似橙而小，二三月熟，黄色，味极酸，孕妇肝虚嗜之，故曰宜母。"下引《南海志》关于解渴水等记载，并引元代吴莱诗证之："广州园官进渴水，天风夏熟宜檬子。"还说此物可入药，汁水代醋之余还可作染料，所以"当熟时，人家竞买以多藏"。

稍后于《广东新语》一点的吴震方《岭南杂记》（"四库全书存目丛书编委会"1996年8月一版[复印本]）所记，针对孕妇的功能主治稍有不同："宜母，果似橘而酸，腌食甚下气和胃，妇人怀妊不安，食之良，故有宜母之名。又名宜濛子，制以为浆，甘酸辟暑，名解渴水。"（以上几种记载，后来被转抄于多种著作，这里引录的是原始出处。）

从皇帝到孕妇都钟爱的黎檬（宜母），一般认为就是柠檬，如胡起望等《桂海虞衡志辑佚校注》，杨武泉《岭外代答校注》（中华书局1999年9月一版、2006年4月二印）等，但严谨的科学家并不这样看。陈封怀主编《广东植物志（第二卷）》（黎檬子见于《东坡志林》就是此书的指引）指出：黎檬与柠檬是两种植物，性状相近但有明显区别，黎檬是我国本土野生种，柠檬则是近代才从外国引种的，古人作调味和凉果用的是黎檬而非柠檬。《植物古汉名图考》、辛树帜著伊钦恒增订的《中国果树史研究》（农业出版社1983年7月一版）、郑万钧主编的《中国树木志（第四卷）》（中国林业出版社2004年6月一版）等也持将两者分开的意见。——所以前面说有人认为中国古籍中无柠檬是既不对但也对。

这是有一定道理的。只是，将黎檬与柠檬分开就很难回答一个语言学的问题：据《谈瓜论果》转引《汉语外来词词典》，英文的Lemon，古英语、古法语、阿拉伯语、波斯语发音都相近。而除了宜母是以功用命名，黎檬、黎母、里木等中国古名也是近音，从语音的角度，黎檬和柠檬似乎应是同一物。

除非，像德国玛莉安娜·波伊谢特《植物的象征》说的，柠檬原产中国。也就是说，可能中国古人先呼此物为黎檬，传出外国后培植进化为新的品种，外国受黎檬影响而把它叫作Lemon，后来流转回来才译作柠檬。不过，从《植物的象征》的叙述看，它明显将柠檬与原产中国的香橼混淆起来（书中大谈香橼的一个变种佛手），所以它的观点并不足采信。

德空多尔原著、俞德浚等编译《农艺植物考源》(商务印书馆1940年9月初版、1950年3月再版)的译者注则说，原书将香橼、柠檬和宜母子混为一种，但其实是有分别的，中国原有香橼，而"后二种皆系自洋文译音，古籍所无，当非本产之物"。——这是将柠檬乃至宜母都剔出国门了，编译者显然没有留意到古籍中的宜母，故也不足为凭。

这个问题最合理的解释应该是这样：柠檬原产南亚、东南亚（《岭外代答》说的"南蕃"正是学界较普遍的看法），很早就传入中土，以原名发音转译为黎母、黎檬、里木等（这些字眼看不出取名的用意，最大的可能是译音），并形成有规模的成熟生产，至少在宋太祖开国的10世纪后半叶已制成有一定质量、可供皇帝喝的果汁，至少在11世纪苏东坡的年代已是市井之物、为百姓享用，然后自宋至清还探索出适于孕妇等功效。不过，变成土生种后，它不如在原产地以及西方生长得那么优质，后者经过不断改良，近代再次传入中国，才成为我们现在常用的、与仍遗存下来的黎檬不一样的柠檬。

柠檬传入到欧洲,一般说法是11世纪到13世纪西方十字军运动期间从中东带回(估计是原产地的名称发音也流传到阿拉伯、波斯一带,再连物带名引进欧洲)。不过《植物的象征》则说早在古希腊末期亚历山大大帝时代(公元前4世纪)已经传入,希腊人以及后来古罗马的犹太人看中柠檬的香味与药用价值,认为可抵御恶魔,象征生命力,将它应用到各种礼仪,"在一切伴随着革新和变化的礼俗中均具有代表性",包括宗教仪式、婚礼和葬礼。该书所记柠檬的象征,有悼念也有新生,有刺激性的调料也有忠诚的爱情。

这些各各相反的象征,很值得玩味。归纳前面谈到的柠檬亦然:

刺激性的调料,不仅在于饮食,还在于情欲,如朱塞佩·托纳托雷《西西里的美丽传说》。美国戴安娜·德·卢卡《爱情植物学》(李永灿译,中国社会科学出版社2004年1月一版)谈沐浴时增进性欲的各种花草、谈带来感官刺激的催情食物,就都包括了柠檬。

但它同时又代表忠诚的爱情,如皮兰德娄的《西西里柠檬》、苏慧伦的《Lemon Tree》等。只不过这种爱大都面懵心酸,或者总是配角身份。就像王樽、许常德还有陈大震、吴震方他们写到的,柠檬又芳香又酸涩,是"甘酸"之爱。

这就伴随着爱恋消逝的悼念了,像罗伯特·奥尔特曼的《银色·性·男女》,"彼得、保罗和玛丽"的《Lemon Tree》。推而广之,它还是对青春的追思,如伍尔芙《柠檬的滋味》;对朋友的追悼,如苏轼《东坡志林·黎檬子》。

然而,就像柠檬既出现于葬礼又出现于婚礼,它在埋葬过去的同时也代表着新的变化。最典型就是宜于孕妇,孕育着新生。是的,爱情最终还是要落实于、或者说让位于这种现实的境地。

所有这些,交融汇集成柠檬复杂的滋味。

再一个兼具伤心挫败与自求新生的例子,是奚密《香——文学·历史·生活》(北京大学出版社2013年3月一版)谈到的,柠檬在英文口语里往往有负面意义,如果运气不好,买到的新车有毛病,就叫"买了一个柠檬";由此产生一句美国谚语:"当生活给你酸柠檬时,拿来榨柠檬汁吧。"寓意以乐观心态面对生命中难免的挫折,扭转失败为成功。——加了蜂蜜或糖的柠檬水,是公认的消暑解渴乃至美容疗病的上佳饮料,如前所述,古代可是帝王级的享受呢。

在粤港口语中柠檬也有负面意义,邀约异性被拒叫做"食柠檬",指的就是那种酸溜溜的感觉。这说法有时还不限于恋爱约会,也不限于作名词宾语,比如这种俏皮的道歉:"不好意思,一连柠檬了你两次。"

所以，那句谚语可以这样翻译：假如生活柠檬了你，就把那些辛酸伤悼拿来泡杯柠檬茶好了。《香》一书还有句话说得好：柠檬的清香有宁神作用，"它能安慰忧郁和惶恐的心"。

2013年6月中旬，生日前后。


2013年7月下旬补记：

此文部分内容后曾呈杨宝霖先生指正。杨老坦然告知，其《自力斋文史农史论文选集》的黎檬子果汁首次生产之论，后检得《太平寰宇记》记载而知所言不慎，惟其书已出版，"片语无从自驳"。又指出《桂海虞衡志辑佚校注》所引《太平寰宇记》那条资料文字有误，我正文中已据杨老提供的清刻本原文代为改过来。

杨老更肯定了我关于柠檬两次引入的"新论"，并忆述他儿时（日军侵华时期）家中常买一种"林檬"（即黎檬）作醋用，该果形、色如橘，另一流行用途是煎制成止咳药膏；抗战胜利后，所在广东小城始见今常见之金黄长圆形柠檬传入（由此可知柠檬第二次引入的大概时间），称为"番鬼柠檬"（洋柠檬），比"林檬"多了一份清香——二者"一物而异种也"，"正符君之论断也"。并引《中国高等植物图鉴》作佐证。

辑
二

# 探花之旅

# 红黄烂然,北京之秋

## 一

总记得很多年前听过的一句话:"北京的秋天,天蓝得呀,像王子的眼睛。"

也记得这些年北京朋友的殷殷关切:"你这么喜爱季节变化、花草树木,应该搬到北京来,至少住一年,看看最美的春与秋。"

其实北京是几乎每年都去的,但只有今年十月,见识了最恰当的秋光——拜奥运会环境整治之赐,一周间都是王子眼睛般温柔的蓝天白云丽日清风;而花草树木,也铺陈了明媚的秋色:

在鸟巢外空地上,有一大片芦苇——不是常见的装饰性鲜花,而是这样极为乡野气息的芦苇,衬托着鸟巢与水立方那样极为现代风格的建筑,在反差中形成了奇特的美。

在北京大学闲逛,镜春园、鸣鹤园、燕南园、朗润园,幽静的林间小道,苍翠的各色树木,明亮的阳光陪伴着清润的绿意（深厚得一如这校园的人文底蕴），不时有漂亮的喜鹊从身边飞过。

在北京航空航天大学的绿荫下打盹，秋风过处，头顶的白杨满树叶子摇动，我讶然于它们发出的哗啦声如此整齐。

还有随处可见的牵牛花，有着虎斑般的几道纹理，蓝紫红绯各种可爱风姿。还有柳树，不输于春日的风流，尤以龙潭公园所见环绕碧波湖面侍立的众多垂柳最为密集和壮大。

……

## 二

但当然，北京之秋最美的，还是像我从一位老人那里讨来的两张小纸条上他以娟秀笔迹抄写的，"黄叶满城都是秋"，"丹枫红叶碧云边"。

先是在北大看到的，银杏、槐树等满树金黄，在蓝天下阳光中染得我双眼透亮，漂亮怡人的画面；那些绿藤掩映的人家，爬墙虎的叶子开始红了。

然后是三里屯，有一条美丽的黄叶路，映衬着暮色中还未开始热闹的蓝白外墙酒吧，色调明丽而静谧，迷人得像拍戏一样。

左安门外大街一条横路，也是树上黄叶遮天蔽日、地下黄叶堆积满路，踏着落叶走过，那声音像心里发出的舒服的叹息：什么时候还能再这样走走呢……

龙潭公园，远远看见几棵盛大的黄叶树，一片灿然金黄掩映着一处小小的青砖老屋——我想：那该是要寻访的民国时我家乡人建的袁崇焕庙了；果然就是。公园里，乡贤旧有的、曾一时名流荟萃的"张园"（齐白石即在此寄居过数年），现已荡然无存，却发现湖边几座假山上，遍布攀援的红叶，极为夺目生色。

## 三

但当然，北京红叶最著名的去处是香山。可那天是周末，人车俱多，就不去从俗凑热闹了，我们上了清静的西山。

沿路看夕阳山峦，处处"红树醉秋色"，有时车拐一个弯，还会骤然在路边出现低垂的满树红叶，依依如迎如挽。枫、槭、乌桕、黄栌等等叶子转红外，还有农村人家那些柿树的果子，成熟变为橙红，挂满枝头。

我们的目的地是半山上的潭柘寺。寺建于西晋，故称"先有潭柘寺，后有北京城"。

其名称的来历：潭者，此地有龙潭也（同一天内逛了两个"龙潭"之地）；柘者，树皮可以入药的柘树也。

除了柘树，这座古刹还有很多奇树珍木。因时已近黄昏，匆匆间没顾得上寺庙的历史建筑，只看看那些像柘树般首度见识的植物,却正是最好的意外收获了。

有一千四百年树龄,其粗壮或可称天下第一的"帝王树"、"配王树"——两棵旁枝丛生合抱的银杏;

有四百年树龄,号称北京仅有的二乔木兰——由玉兰与紫玉兰杂交而成,春、夏、秋三次花期,可惜只看到如簇簇毛笔般的花蕾,那些外紫红内粉白的姣美花朵还未开放;

有百年树龄的梨树,栽在一个深锁的古朴院落里,墙外窥看,也别有风味;

有一柏一柿合生,乃得名"百事如意"之树;

还有满树叶子也转红了的暴马丁香,等等。

最欢喜的是,这里有两棵六百年树龄、枝叶繁茂的娑罗树。这是一种从印度和东南亚传入中土、高大常绿的佛教植物,相传释迦牟尼即寂灭于此树间。因叶多七出,又名七叶树,这也是我喜欢的名字;其花夏初开,形如白色的蜡烛,估计因花型如香火供奉,故得佛家青睐。

之所以欢喜,是因为日前才买了本明人屠隆的《娑罗馆清言·续娑罗馆清言》。

那天黄昏,从东到西穿过北大校园去赴宴,路过一个超市,见门口有书店招牌,顺便进去逛逛。原来这校园一角超市里竟隐身了三间书店,卖的都是很像样子的文史哲社科学术书,而且还打折。我本有到一地方购书纪念的习惯,只是三间店都未遇那种一见欢喜要即刻买下的好书。逛到最后一圈，还是有心帮衬却买不下手；要出店门了，心里忽然起了一点感慨：也许，我以后都不会再到这书店来了——就在这么想的一刹那，脚被一张小书梯绊了一下，而我进门时，也曾经无意中绊到过这张小书梯的——这就是天意的提示了，于是，在书梯向着的那排书架，终于找到这册本属可买可不买的书，作个留念，上天留我之念。

屠隆在罢官后深研佛理参禅悟道，移植了一棵娑罗树于屋前，将书斋命名为"娑罗馆"，所以有那样的书名。我从此书第一次知道此树，没想到转眼就得见真身，真是有缘；连同买书的过程，是双重的缘分。

## 四

屠隆的《续娑罗馆清言》里有一则："名花芳草，春园风日洵饶；红树清霜，秋林景色逾胜。"这是他步入中年猝逢挫折、功名尽付东流从此再不复振后，回顾对比、感悟生命的淡泊心情。

龚云表的《此树彼树——多元艺术视野中的树》，有一节《"红树"诗画》，如题，谈了关于红树的古诗，配了好些以此为主题的精美中外绘画。文中论述道："中国绘画崇尚表现和写意。"因此红树之画不一定是写实，"常有将本身并非红色的树叶刻意敷以朱砂";同样,西方自印象派起,"也有摒弃具体的物象而把想象替代现实的'红树'",以反映内心感受。

所以,屠隆是用红树点染人生的秋天,我也不妨将心目中的北京之秋渲染得红黄烂然(尽管其实还有别的多种色彩)——各自都是主观地"敷以朱砂"的感染。

因为偶然发现与一位京城朋友都喜爱也斯,并因他的作品再度泛起昔年的唏嘘与感慨,回来后,我又翻出那首心爱的也斯之诗,《乐海崖的月亮》:

"天气冷起来了/树都长出了红叶/我们沿路散步/想起朋友在不同的地方……有没有人在月升的时候想起我们? ……凉风从天边吹起了/你们现在在不同的地方如何了呢?"

——红树黄叶,带给人不同的感受,可以明朗欣爽,却也可以惆怅怀思,一如这首诗。

"红叶斜落我心寂寞时。"这样的秋天,你又遭逢了怎样的朱砂,浸染着自己的心情?

**2008年11月1日**

附记：

一年后的秋天重入京城，关于上文提到的北航白杨、一位老人(谷林先生)、北大书店，有过一段后话，附如下——

白露那天，在北大校园一角地下超市深处一间很好的汉学书店(去秋也帮衬过)，买到了沐斋的《温文尔雅》，当晚饭局上与朋友还因此书谈了我对植物写作的看法。

我的意见大致是：时下植物散文众多，其中作为主流的有两类，一是过度阐释的托物言志，或给草木赋予太沉重的社会现实意义，或流于肤浅的哲思；二是过分浓丽的抒情寄思，滥情到了腻歪的地步——这两者自有中国文化传统背景，也是植物写作的题中应有之义，但一旦"过"了，便为我所不喜。

这本《温文尔雅》也有那种"《读者》美文"的倾向，但还好，有自觉的"温文"作为节制。而写的是古典博物百科名著《尔雅》中的名物、尤其是植物，又是我感兴趣的(虽然它并非严谨的考证，也没有严格以《尔雅》为限，往往是敷衍引申而成的文学性表达)；书中所附这位年轻"新士人"作者的现代文人画亦不错，总的来说不失可喜。

当中《白杨》一篇，可反映其文章风格：引述了古今十多种书籍诗文资料，插入个人见闻感受和辨析，而多用活泼得夸张的新潮口风叙述。由其转引可知，白杨向来以"无风叶动"、"微风大摇"、"微风击之辄淅沥有声"、萧萧瑟瑟般秋声如雨的特点为人赞赏。

白杨这一妙处，是只有真的倾听过才知道好的。去年秋天，我到北京航空航天大学拜见谷林老人，曾在校园的绿荫下打盹，清风过处，头顶的白杨满树叶子摇动，那哗啦声如此整齐悦耳，连同北京秋日清澈的蓝天、柔和的阳光，让我颇觉愉悦。

但我当时没有想起的是，白杨自古就有与坟墓、死亡相连的寓意。——那是我第一次领略白杨的佳音，却也是最后一次见到谷林老人，佳音之后不久就是悲讯了。

这个秋天到北京，恰逢祭祀先人的中元节，到北航看望了谷林的家人，坐在逝者一仍其旧的房间里，颇生恍惚之感。出来时，又见到那片白杨树，又是在好天色中自在轻摇，簌簌作响。《古诗十九首》："白杨多悲风，萧萧愁杀人。"信然。

2009年11月11日

# 牛角挂书,花径徜徉

2009年春节假期,有齐鲁之行。这是农历己丑牛年,想起唐朝李密骑牛访友、挂《汉书》于一角、且行且读的典故,我也就在这牛年初露头角之际,带着几本闲书踏上旅途。其中以山东为背景的刘鹗《老残游记》尤其好玩,写世情、写风景、写人物,描摹贴切,语言精妙,更有许多平情而高迈的见识(当中不少议论还能让人对应现今的情形,一点都不过时)。

书里写到济南护城河:"河里泉水湛清,看得河底明明白白。河里的水草都有一丈多长,被那河水流得摇摇摆摆,煞是好看。"我第一站抵达泉城济南,闻说几处名泉已然枯干,但去护城河看黑虎泉,却喜那河流和水草,都仍如《老残游记》中描写的模样。

比起水草,山东的树木更是古已有名。《孟子·告子上》有"牛山之木尝美矣"之说,指的就是古之齐国东南、今之淄博附近。这一路从济南到孔子故里曲阜,从泰山到淄博,从潍坊到青岛，道旁多见密集的小白杨，名胜古迹处则多见动辄唐宋遗传的银杏、槐、柏、榆、桧等老树，古朴苍劲中尽现历史底蕴。

而最后一站海滨城市青岛，则无论地貌与人文都与之前的华北平原古城乡野大有区别，就连花木也仿佛温柔一些、雅致一些。市内的行道树主要是梧桐，其时正当落叶，但果子悬铃累累，亦可观；其他多为雪松，这是青岛的市树，常绿而形态可赏，伟岸而不失秀丽也。

就在出门前不久，《中华读书报》刚刊登了我一篇《惠特曼的雪松》。文中因惠特曼钟爱雪松，而爬梳了一些这种"植物之王"的有趣资料；但其《典型的日子》写雪松"一串串中国蓝颜色的浆果"、"光洁而结实的蓝色果实"，却令我有异议，因为查过中外多种植物志和图鉴，未见哪一种雪松的果实呈蓝色，觉得是诗人看花了眼。那次在青岛没有留意到雪松的果子，然而，到今年十月，从当当网上购得另一位美国伟人梭罗的《野果》，却使我怀疑起自己对惠特曼的怀疑了。

梭罗与惠特曼同一时代，都受过文坛大师爱默森的扶掖，在热爱自然等方面志趣气质相近，而他于植物学还要更为投入。这本"果子的笔记"，就是他晚年的力作，用日记加笔记的体例，记录了他近于专业地认真观察过的约160种野果等植物。其中描述雪松:"雪松蓝色的果子精美,令我赞叹不已。""那种淡蓝色果子太美了……在淡绿至蓝绿的松叶衬托下,美得超凡脱俗。"——梭罗重视本土自然资源,他所记述的,是家乡周围、即美国东北部新英格兰地区的植物。看来,北美是真的有蓝色果实的雪松,可能因为该品种并不广泛,而为那些普遍性的植物学著作忽略,以致我没有信任惠特曼的实地见闻,真惭愧又忘了古人谈治学的至理名言:"言有易,言无难。"

关于雪松还有一事。今年夏天因皮肤小恙,验血检查,结果发现我对别的都不过敏,过敏源偏是几种植物,包括本地亲近的荔枝树、木棉花、白千层,也包括北方的雪松、梧桐、白桦等。也就是说,我不宜碰这些植物。一个植物爱好者竟摊上这样的事真是丧气的,但也许是上天见我太热爱花草了,于是让我有所避忌,免致过分沉溺。

说回春节期间在悠闲美丽的青岛,还去了市郊的崂山。太清宫中,有千年以上、极粗壮朴拙的圆柏、榆树,有百多年的金桂、四季桂;又有一棵数百年的山茶,立石刻题曰"绛雪",说就是蒲松龄《聊斋志异》的《香玉》篇写到的花神原型。——《老残游记》中那位心性超脱的尘外女子逸云,针对反感"人工古物"的清高之士,说了一番通达见解:"山东人性拙,古人留下来的名迹都要点缀。"制造一些假古董，是让游人看了"助点诗兴"，当地人"也多知道一件故事"。然则，对于那棵"绛雪"之类的附会"点缀"，也就不必多计较了。

回家之后，人静悄、花清艳的新春闲日，取出《聊斋志异》来读《香玉》篇，写的又是那种书生艳遇的白日梦，不过这回的女主角是花，于我特别亲切：有牡丹花仙香玉，与书生枕席欢娱；有耐冬(山茶)花仙绛雪，与书生亦友亦妾。书生死后投身花丛，亦见情深。

那时节，家中的花也正开得好，当中就有绯红华丽的牡丹。这种名花，我以前嫌它富贵俗气，一直没有养过，更喜欢的是几乎年年都会主动开上几朵的白色山茶，粉妆玉颜，那才是我的"绛雪"佳人。但今春新添了这盆牡丹，看它开得饱满雍容，犹如丰腴娇美的贵妇簇拥而出，也确是美人气象。

春节的身边花果，还有红红火火的杜鹃和圣诞红，娇俏清丽、垂曳成行、如少女队列的十八美女兰，也是成串而开的蝴蝶兰，西番莲，四季桂，牵牛花，炮仗花，瓜叶菊，蟹爪兰，紫罗兰，仙客来，石竹，红掌，凤梨花，蒲桃花，年桔，朱砂桔，人心果，经常光临的两只小鸟最爱偷吃的一株无名鲜红小浆果……齐鲁之行途中购读的今年第一期《收获》，刊有黄永玉自传小说《无愁河的浪荡汉子》首章，回忆他的凤凰童年，有几句写花的句子，"今年的花开得也实在放肆"，"满院子十来种果子杂花交垒在一起"，"长得撑抖舒展"，"映着好太阳的蓝天朝墙外直喷"。——几个字词用得真是抖擞传神，也恰是我自家好花好天的写照。

其时看电影《叶问》，就由这咏春拳大师的名字联想到：如果叶子问，花该怎样开？花不答，只是开。——此遂为"咏春"。

而那位为我编辑出版《书房花木》的朋友，在元旦临了两张碑帖寄来拜年，其中一幅书笺是《圣教序》中的两句："山川灵妙能增慧，花木精神亦永年。"真好，现在年底回顾，果然就这样在花径书缘中又花木精神了一年。

2009年12月12日，暖冬。

# 东海岛上水生花

有些书,买回来不一定适合马上读,但总有一个恰当的机缘,展卷相对,相契相宜。

像韩开春的《水边记忆——江南水生植物随笔》,今年二月开春购后略翻,诧异于作者认为台湾歌曲《兰花草》唱的是蓝色小花鸭跖草,仅此而已。到六月,端午与夏至之间,将此书携往浙江的舟山群岛等地,在对应的江南水域环境中,才得亲切的品读感受。

"千岛之城"舟山,是中国最大的群岛,地处长江口以南的东海,中国大陆海岸线的中心位置。在这里望海眺岛,数日间舒舒服服、安安静静地读此《水边记忆》。它是以科学与文史知识融合生活况味的心情散文,配以大量精美彩照,可供对照辨识。作者共介绍了二十多种水生植物,掺杂其童年回忆、故乡风情,以及这些植物入菜食用的口腹之欲,犹如一汪水影草色:端午刚刚过去,古代此时的应节植物菖蒲;著名的蒹葭;名字带有情色想象的鸡头肉(芡)和美人腿（茭白）；叶子形状优雅、自古就以之入画的茨菰（慈姑）；同样可入诗入画的水蓼；含有书香典故的水芹（古以"采芹人"指读书人）；两种出名的羹料莼菜与荇菜；叶片能随生长环境而长出各种形状的鸭舌草；与青萍没有关系、名不副实的绿萍……

常见的荷莲，于此也得了新见识："红花莲子白花藕。"红荷白莲分别预示莲子或莲藕的丰硕。其中荷花盛开时的"花香藕"最好吃，藕丝还没长出来，特别鲜嫩无瑕、清甜爽脆，没有多余的渣滓，不像秋后之藕，藕断丝连。——这也使人想到人生不同阶段的不同况味。

其时，普陀山普济禅寺前的莲花池，荷花尚未开。

普陀山，四年前那些老街与海滩、夜月与朝阳的美景，时时怀念，这次遂从舟山本岛坐渡轮重访。一走进这个植物葱茏的小岛，石板路两旁茂密的老树古木所哺育的清凉空气，便带来熟悉的心旷神怡。当地一本《普陀山自由行指南》说得好：这里遍布的香樟树、罗汉松、鹅掌楸等等，饱经沧桑，岁月不移，你下次再来，它们仍在那儿，就像是你永远的朋友；而来到这里，人会变得安闲静谧，也容易惆怅而释然地想起前尘往事。

于是，当晚便重踏昔年路径，循着涛声去海边。夜色中，一时找不到通往那个沙滩的路口，然而惊喜的是，因为路边有很多小菊花，黄灿灿的在漆黑中可以辨认，跟着它们，竟无意中摸黑穿过了防风林来到海滩，得以再次亲近那片海涛——曾经在此沉醉菊花天，这回仿佛上天便差遣菊花为引路使者，以呼应前缘。

次日偶访这里的游客服务中心，发现是这类机构中颇为出色的具有文化气息的清静地，里面的展览做得很好，居然还有当地的动植物资源展。从中得知，原来那些小小的黄色野菊，有趣地叫做大花金鸡菊。

离开舟山群岛后往宁波，依然未有荷花，却有荷花玉兰，满街盛开，在江南的濛濛细雨中，花香又浓又静。

此时正刚刚进入梅雨季节。游宁波天一阁，多日阴雨，苔深石润，绿意郁郁，更显园林闲静。忽觉广大的幽香，循香仰望，原来是一棵高壮的荷花玉兰，粗干密叶间，高高地开着比碗还大的花朵，与浓浓绿荫一起笼罩着庭院。

在这中国现存历史最久的私家藏书楼园子中，与古老书香交融的，还有栀子。几棵一人多高的栀子，密密匝匝地开满硕大的白花，因为沾着连日的雨珠，低垂了头——也许，压弯她们的其实是自身的芳香，那么浓重，带来我记忆中的馥郁。

到八月初，又去了一次江南，此时乃农历六月，古人称为荷月。在农历六月二十四日荷花生日前后，重游杭州西湖及曲院风荷等，才看到广阔而清丽的荷花。——后来读宋人姜白石以西湖为背景的组诗《湖上寓居杂咏》，有两首涉及荷花的佳作："处处虚堂望眼宽，荷花荷叶过阑干。游人去后无歌鼓，白水青山生晚寒。""苑墙曲曲柳冥冥，人静山空见一灯。荷叶似云香不断，小船摇曳入西陵。"

这一趟可记取的花木还有上海路边的梧桐（这是老相识了），南京总统府中的石楠，乌镇旧宅旁的紫薇，杭州南宋御街的蓝紫夏堇等。

结束这今年第二度江南之旅前，因为误机，在杭州萧山机场的书店买了一本精装图册打发时间：《花影炫色——中国野生花卉精彩图片选（第一卷）》（张书清等主编，中国大百科全书出版社2010年1月一版）。这是《中国国家地理》主办的首届"花影炫色"摄影大赛作品选，以介绍中国境内野生植物为主，并包含了风景展示、摄影交流乃至环境保护的用意。其中江南的花草，有一幅摄于浙江某地的虎耳草，颇为俏丽，而又花型奇特，摄影者说，他开头以为那两片白瓣是凋残所致，"后经了解，原来这花本来就是两个花瓣"，并由此引申，抒发了"美丽不完全都是完美，残缺也是完美"的哲理感叹。

——这是错的。今年是虎年，因此我年初时特意查过这种名字应景的虎耳草，它是一种匍匐于地面的草本植物，叶背紫红,夏季开花,花瓣五片,下方两片雪白,较大,引人注目,上方三片娇红,较小,那位摄影者视而不见,遂得出那个结论,但其实它的独特之美正在于同花异瓣之构造(称为"不整齐花")。这也提醒我自己:抒情需慎重,勿因认识不深而表错情也。

2010年10月23日霜降及次日

# 丽江花木之热烈与散淡

近二十年前,扬之水写过一篇游记《滇西散淡春》,写得出色极了。(比起她早年的书话、后来的文史名物研究,扬之水的游记同样风姿出众,可惜少为人论及。)文中缕述丽江等地的景物、风情、人事、历史,让人神往。她是幸运的,其时丽江尚未成为万众蜂拥的小资胜地,还"是一本没有完全打开的书","雅洁清净",她遂得以抒写"丽江之丽,丽江之清,或者更胜于日渐都市化的吴越水乡"。

我十二年前第一次去丽江,那时大研古城已开发得颇成规模,但还好,仍可沾点"须眉若浣"的清爽水气(扬之水用明人写江南的"主与客似从琉璃国而来,须眉若浣,衣袖皆湿"来形容丽江),让我一见心喜,三度流连,不舍离去。到今年七月再前往,却深感已非从前的丽江了,过度商业化给这边远之地带来的侵害,远过于"都市化的吴越水乡",让人兴味索然(尤其是大研)。种种烦嚣乃至恶俗,不仅地方,人事亦然。当年扬之水特别感动于沿途所遇人性的良善,极赞"民风淳朴,人情温厚","最普通的物理人情",却有着"无限情味","就像那随处可见的、散散淡淡的春光"。而现在,不少当地人都在逐利之风中失却了那份散淡。

然而,我们每一个到访的过客,其实都正是毁掉清净风景的因素,都该为造成这一切负责,没什么资格好抱怨的。不如安下心来随意游荡,寻觅一点闲情,包括前脚后脚地追踪一些旧日行迹(那是奇妙的共历同在),也包括欣赏纷披的花木。

云南是有名的植物王国,我国约有三万种高等植物,云南就有约一万五千种,是全国植物分布最多的省份;丽江则是该省重要的植物分布区、原产区之一,光是以"丽江"二字命名的植物就有约一百二十种。这次虽然因在盛夏,云南八大名花多未能看到,玉峰寺的万朵山茶、山玉兰、云南含笑等几棵著名老大花树都过了花期,但,仍不乏愉悦之遇:田野上随处可见的向日葵和烟草,高大、肥厚,恣肆壮观,有着这片土地的阔朗气象;客栈的院子花木扶疏,清朗清新的早晨,矮牵牛、月季、南瓜花等环绕掩映着屋檐下的藤椅,茂盛而闲静;酒店的花园,一棵黄槐极为灿烂,所住三楼房间窗下有一树刚泛红的海棠果,圆润的小果满满地捧到窗前;街上常见浸在山泉水里出售的真正"水果",鲜亮饱满,最可喜是一个明净的傍晚,在依山傍水的酒楼上读汪曾祺的《人间草木》打发等晚餐的时间，正读到一篇《昆明的果品》，里面写云南有一种外形正圆、皮色深绿、肉嫩无渣、味甜多汁的宝珠梨，恰好，朋友从街上就买回了一堆宝珠梨，当场可以见识，搁书品尝这圆嘟嘟的、小巧可爱的奇特梨子，实乃乐事……

扬之水说，丽江的"小城花事，真处处品得出风格情味"。以下再拈出印象深刻的四种来谈谈。

## 杨　柳

丽江古城的特色，是绿水绕户，红花映桥，翠柳依人。在《滇西散淡春》里，扬之水写"小城徘徊，浣了须眉"，就在于"杨柳垂丝，清流穿巷"，"一份如水漫一样清清明明散散淡淡的春意。"确实，不输于江南的满城垂柳，是这里最显眼的元素之一。当大研古城已喧闹得连家家门前的溪流都浑浊了，唯独杨柳，尚保持着平和优雅。

这回还感到，柳树文质彬彬，是一种有书卷气的植物。之所以生此感，与当地的背景有关。

丽江在历史上虽属蛮荒之地，但文化艺术气息浓厚。这方面，古代统领丽江的木氏家族对当地民风影响很大，古史载："云南诸土官中，知诗书，好礼守义，以丽江木氏为首。"在大研，特意寻访上次没去过的、复修的木府，使我感兴趣的是这座土司府里,用于藏书的万卷楼居然与宫殿般的议事厅一样宏伟、同等格局,以及门前一座"天雨流芳"的牌坊,原由明代一位木公土司所题,语意双关,用汉语解是"皇恩浩荡如天雨流芳",用当地纳西族语解则是:"去读书吧。"——可见古人的用心。

我带去读的其中一本书,是明代陈诗教汇编历朝花木奇事艳闻的《花里活》(中华书局1985年新一版)。在尚算清静自然些的束河古镇,于石板街上的纳西风格小店中,对着雨后更其青绿滋润的依依柳色,读到书中两则唐人逸事:

一说,李固言未及第前,行过一棵古柳下,听到弹指的声音,可周围并没有人。李壮胆发问,只听柳条间有应答,原来那是柳神,刚已弹出柳汁染上他的衣服,可保佑他科第前程。未几,李果然高中状元。

一说,有位洛中妓女柳枝娘,听到李商隐诵读所写的《燕台》诗,非常欣赏,就折柳枝结成衣带,作为礼物呈赠给李商隐,请求赐诗。

——原来,柳色可以点染读书,柳枝可以攀缠诗书。然则,文风甚盛的丽江遍载书卷气的杨柳,就更显相宜了。但愿,在现时的浮躁之外,杨柳深处仍延续着古典传统,就像"天雨流芳"四字,表面是谢主隆恩的腐朽庸俗,却暗藏散淡的读书情意。

# 龙　胆

　　玉龙雪山的野花很可爱。海拔四千多米的冰川，高处不胜寒，然而莽莽苍苍的岩缝碎石间，竟散落着星星点点的黄色小野菊，和红紫各色小野花，在寂寂天地间竞相吐艳，严酷的环境衬得它们更加纤弱，却也更加动人。山腰处的甘海子，群山环抱的草原，遍布细碎野花，在这里发现了好些我喜爱的蓝花。有一种花形如钟的，矮小得很不起眼，细看却又被其梦幻般的蓝色夺人心眼，白云笼罩的巍峨雪山成了它的背景，简直天然图画，是沿途所见花木最惊艳者。

　　这极蓝、极美、极精致的小花，对照后来在丽江机场书店所购《云南大自然博物馆·花卉》(武全安等主编，云南大学出版社2000年11月一版)，疑为某种龙胆。

　　龙胆，是云南八大名花中比较特别的一种。为此行而购读的余嘉华主编《云南风物志》(云南教育出版社1991年12月二版)，有一篇《鲜明秀美的龙胆》介绍说，它本是以药物为人认识，后来才因美丽的花色被发掘观赏价值，因为，"其多数种类乃是群芳中少见的鲜蓝色"。"龙胆花的名贵珍奇，主要也就在它那湛蓝晶莹、清秀鲜丽的花朵。"我国有约二百种龙胆，云南占了百余种，尤以丽江附近的滇西北高山上最为集中，"丽江一种深蓝色的龙胆被引种到英国皇家植物园时,曾经轰动一时,被誉为19世纪引种最有价值的观赏植物之一"。为了适应严寒高山的环境、避免强劲山风的袭击,很多龙胆都身躯瘦小,茎很短,几乎贴地而生,"一眼望去,不见植株只见花,就像齐地开出来似的"。花开时,"浅蓝色的,深蓝色的,紫蓝色的,一丛丛,一片片,画卷般铺卷于大地上","给人一种宁静素雅的感觉"。

龙胆这种生于高原山区、默默绚烂的世外气息,与群芳迥异的碧蓝花色,都有点边地少数民族的气质。而上述的特征特性、角色转变,也让我想到了丽江。

## 叶 子 花

叶子花,就是广东、香港说的簕杜鹃,福建、华东说的三角梅,台湾说的九重葛。它那三片围拢成三角状的"花瓣",其实只是叶状苞片,因此称为叶子花。

它一般为藤状,但在木氏土司府,看到几棵叶子花长成了树,枝间盛开紫花,地上落满紫花,艳而寂,热烈而安宁。

在丽江买的纪念品,有一本用纳西族传统工艺东巴纸制成的笔记本,纸上满布当地特产丽江荛花等的植物纤维,封面还嵌着几片紫红的花瓣,问店主,那就是叶子花。

携于旅途的《人间草木》,有多篇写滇中花果,汪曾祺借之恋恋怀缅青年时期在云南求学的快乐时光。当中《昆明的花》《滇南草木状》都写到叶子花,后一篇极言其紫:"叶子花的紫,紫得很特别,不像丁香,不像紫藤,也不像玫瑰,它就是它自己那样的一种紫。"

我以前在粤、港、台等地,乃至希腊、美国、新加坡等国见到的叶子花,基本是红色的,火热激昂。岭南画家陈永锵绘的《群芳百韵》(人民美术出版社2009年10月一版),所画三角梅也是这样的大红,黄树文配诗云:"剪碎红绡裁锦样。"另查《邮票图说花卉奇观》(李毅民等著,科学普及出版社2011年5月一版)、《邮票小百科·花卉》(徐民生等编,中国少年儿童出版社1985年3月一版),收入我国台湾和摩纳哥、柬埔寨、坦桑尼亚、喀麦隆等的叶子花邮票,无一不是红色。然而这趟所见,云南的叶子花确实跟别处不一样,多为紫色。离开丽江前在机场买的另一本纪念书《云南常用中草药彩色图谱》(朱成兰编著,海南出版社2003年9月一版、2008年11月二印),收有叶子花,记其在云南又名紫三角、紫亚兰,可见当地人注目于那份独特的紫色。

《滇南草木状》中又谈到,叶子花"好像一年到头都开,老开着,没有见它枯萎凋谢过。大概它自己觉得不过是叶子,就随便开开吧"。——汪曾祺经常写花木不看人面色,爱怎样开就怎样开的自在姿态。

丽江,已不能像高山龙胆般独立晶莹、不染俗尘,那就像家常的叶子花也好，在凡尘俗世中开得热热闹闹，却又有自成一格的自在自为。

# 木　槿

白沙，今以遗存的明代壁画而闻名。但它原是纳西族在丽江的最初聚居地，木氏家族的发源地，宋元时期丽江的政治、文化、商贸中心，后来木氏将首府迁到大研，这里才衰落成一个小村。

在白沙大宝积宫，看到黝黑的山门后有一棵高大的木槿，在午后阳光中开得很好。冷落无人的宫院，繁华消逝，这一树淡紫的花儿，盛大却寂寥，与那些壁画一起，沉默的辉煌。

木槿花色艳丽而又花期短促，有"朝开暮落花"的别名。明蒋以化辑、姚宗仪增辑的《花编六卷》（"四库未收书辑刊编委会"〈复印本〉）记木槿花："向晨而结，逮明而布，见阳而盛，终日而陨。"并引刘廷奇诗："莫恃朝荣好，君看暮落时。"又引一僧人诗，此僧在寺庙中栽木槿，以其花的匆促作为向世人的晓谕："只要人知色是空。"

正因木槿"零落在瞬息"（李白诗），远古称之为"舜"，也就是《诗经》里"有女同车，颜如舜华……有女同行，颜如舜英"的"舜"。莫克《南国花果鸟》（科学普及出版社1987

年7月一版）里的《蝴蝶穿花木槿开》，解说这两句诗的意味：“赞美同车的姑娘，有如槿花般美丽；尚蕴含着与美女同车的美好时光不能长久的惋惜之情。”因为，木槿“朝开夕陨的习性，文学上常用来比喻世事的沧桑”。

然而，莫克还指出：“木槿花虽朝开暮萎，但花蕾多，总的花期长，自夏至秋，开了一趟又一趟。”这是其好处。

人间万物，生灭无常，繁胜难凭，转瞬即逝，此乃天理。可是，木槿在生生灭灭间却又生生不息，绵延漫长。这仿佛一种顽强的文化的象征。愿此亦成丽江的写照。

——最后这话有点八股气了，前面一些类似的话也是。这篇文字，稍稍违背了自己一向不喜以花木影射社会现实、不愿让植物承担寓意使命的初衷，那是因为对丽江的惜重。所以最后还要作这样的致意：繁艳而质朴的木槿，有一种热烈与散淡并存的情调，希望丽江也终能如此吧。

**2012年8月5日撰毕**

# 惆怅旧欢桃柳

阴差阳错,十二月,又去了一次江南。

与四月的春游相比,这番冬日行程是完全不一样的滋味了。时当仲冬,一片萧瑟,曾经"一树一树花开"的绚烂花事、恍如醉人美梦的旖旎春光,换作了惨淡的残山剩水。不须留待他年说梦痕,同一年之内,由春至冬,竟已一梦醒来沧桑隔世。

那就再访西湖吧,领略一下湖上冬景(以往多次在春、夏、秋三季来过,独缺冬游),作为对春梦痕的凭吊。

一大早,冒着清洌寒风,从断桥走上白堤。除了隔岸的梧桐叶落、湖中的莲荷枯残,以及"平湖秋月"里的满树红叶提示着冬意,更触目的是堤上桃树。那个"春风沉醉的晚上",在白堤首度认识这些鸳鸯桃,欣赏红白双色并肩杂生的静艳桃花,那份怦然心动的惊喜……如今,花叶荡然无存,只剩枯干的枝桠,在稀薄冬阳映照下,一派苍颓,就像死寂的木刻,令人忧伤。最有象征意味的唏嘘画面,是锦带桥

香港方物志

叶灵凤

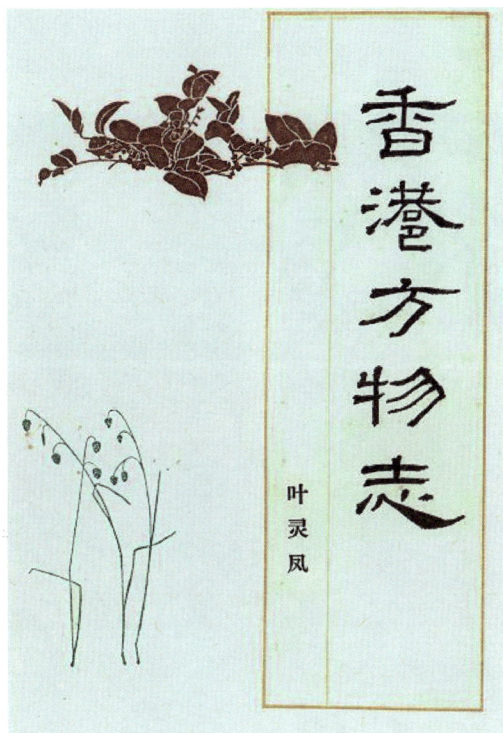

《香港方物志》,叶灵凤著
生活·读书·新知三联书店,1985年12月一版
封面设计:叶雨(即范用)

《红棉》(封面封底)
装帧设计：蔡丽贞
封面画：关山月；题字：商承祚

《花果小品》,郑逸梅著
华夏出版社,1988年8月一版
封面设计：王大有

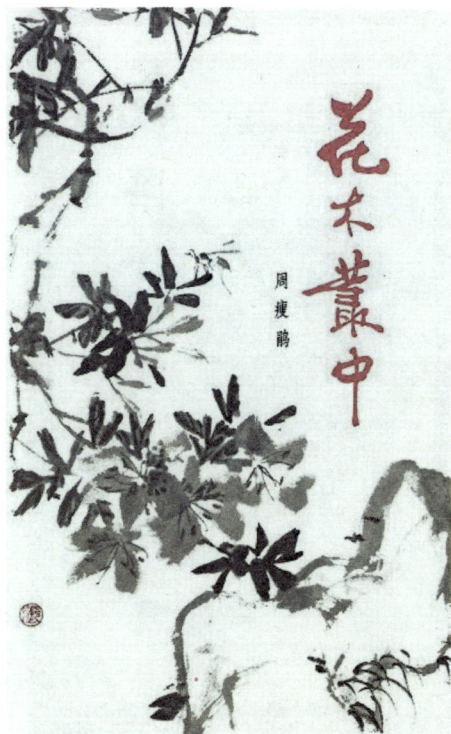

《花木丛中》,周瘦鹃著

金陵书画社,1981年4月一版、1982年2月二印

封面设计:张辛稼;题字:费新我

(注:该书第一次印刷本封面书名字体为黑色)

《植物的象征》,[德]玛莉安娜·波伊谢特著
湖南科学技术出版社,2001年6月一版
封面设计:殷健

古漢名

植物

圖考

主　编　高明乾
副主编　卢龙斗

大象出版社

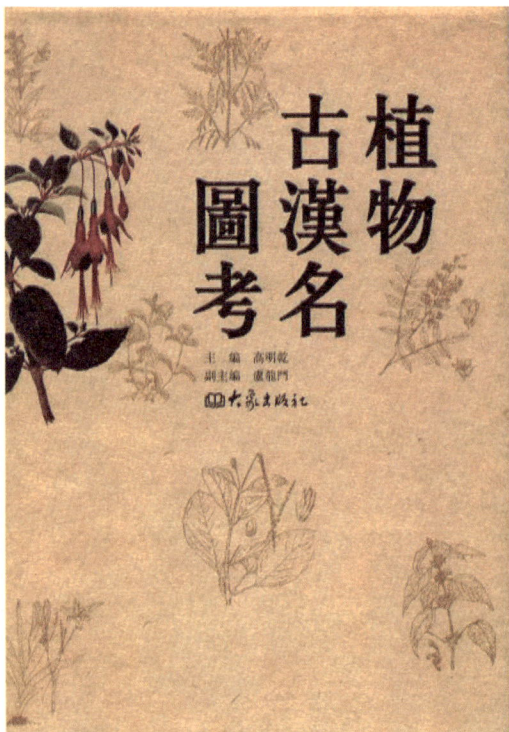

《植物古汉名图考》,高明乾主编
大象出版社,2006年版
封面设计：王云

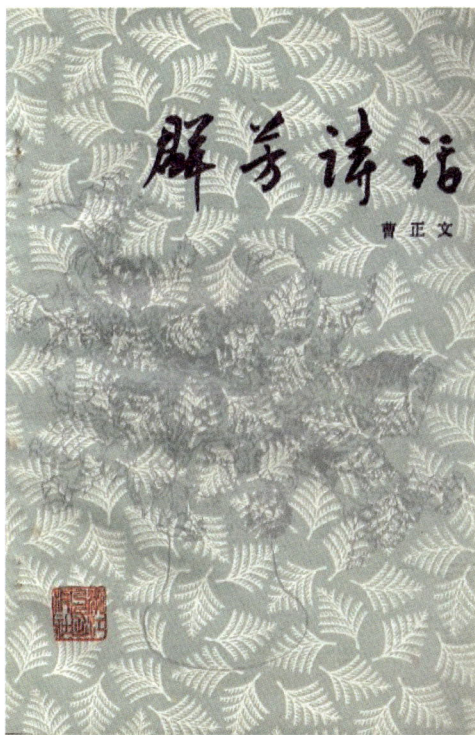

《群芳诗话》,曹正文著

浙江人民出版社,1985年版

封面设计: 杨锡康; 题字: 刘逸生

● 王一洲 选注
● 王李英

LI DAI LIZHI   SI CI XUAN

历代荔枝诗词选

GUANDONG LU YOU CHU BAN SH

● 责任编辑·赵志彬
● 封面设计·石 萍
● 扉页题字·刘逸生

书号：ISBN7-80521-009-8/I·4
      10272·93
定价：   1.30元

《历代荔枝诗词选》,王一洲　王李英选注
广东旅游出版社,1987年版
封面设计：石萍

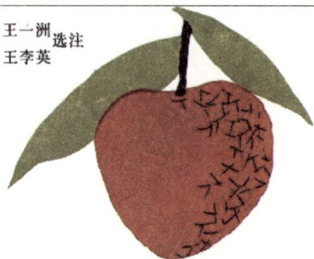

角的桃花树前,春夜闲行时遇见过一对湖上仙侣般的情侣,如今换成两个老人在放风筝……

沿着凄清冷落的湖岸,继续独自前行,与春天反方向地走走苏堤。明人史鉴追忆西湖春游的《寄杭州友人》诗云:"记得扁舟载春酒,满身花影听啼莺。"记得在苏堤的锁澜桥,曾找到一树盛大的雪白琼花,和满地的阿拉伯婆婆纳精致蓝色小花,当然也有红粉花飞、桃花如笑;今在近零度的冰冷中走过,黄叶满路,景逝花消。那个春日的快乐仍然清晰,但正因在同一年重来,时间相隔太近,更感猝然对照,徒余遗恨。

出门前,在网上搜购得一本以前赴杭未曾知悉的《西湖花卉》(陈相强主编,杭州出版社2007年12月一版),回来后才收到。全书记花卉六十种,介绍相关文史和科学知识,特别是这些花在西湖、杭州的生长情况,包括历史与现状、典故与诗词等,配以彩照。其中多有春游江南时相逢的丽色:迎春花、玉兰、紫荆、紫藤、丁香、海棠、诸葛菜(二月蓝)等。在这百花凋零的冬季,对此迟来之书聊作怀想。

书中《夹岸绮霞蘸水开·桃花》一篇,记西湖古代几处赏桃胜景已经消失,幸苏白两堤桃花犹盛,且夹岸蘸水,正合桃花宜于水边观赏的特性。该文所附的,以及封面、书扉的照片,都是背景为保俶塔的红白二色桃花杂锦灿烂画面,应该摄于白堤,正是我四月闲游时的欢欣情景;对比岁末的苍凉残枝,倍觉春逝之凄寂。

惆怅旧欢如梦……

然而,这番冬日游湖,却又发现一种萧索中的盎然生机,便是去春写过的"留连留恋西湖柳"。从白堤苏堤一路走过,看到那些杨柳居然依旧青青,翠条飘垂,在寒冬尚妩媚清新,衬托着湖水小舟,宛然春景。柳树这般如春长驻,让我讶异,仿佛它们未经节候摧残,不谙人事变迁,居然不改容色。

这真是有意思的事情,值得回味……还是借着书才更易谈得清楚,这里就顺便介绍几本以柳为主题的人文专著吧。

石志鸟《中国杨柳审美文化研究》(巴蜀书社2009年7月一版),是第一部对杨柳意象进行专题人文研究的学术著作,主要讨论历代咏柳文学,梳理杨柳题材和意象的历史发展,考察古人对杨柳的审美认识变化过程,也介绍了杨柳在民俗、宗教、绘画、音乐、园林中的表现,内容丰富,创见颇多,如杨柳由北方意象向江南意象的转变,由伟丈夫形象向弱女子形象的转变,折柳风俗由寄远到赠别的转变等,作者都独具只眼地作了深入分析。

杨柳是我国历史上分布最广、社会生活影响最普遍的植物,其主要寓意有相思、怀乡、离别、闲愁等,此外还有一个重要象征,是伤逝。作者指出,因柳树生长迅速,易让人感时光飞逝、年华不再,形成了"睹柳兴叹"的文学传统。这方面,除了桓温和庾信著名的"木犹如此"感慨,该书另举出的两则文字也很低回,一是曹丕的《柳赋》,记看到自己早年种下的一棵柳树长大茂盛,回想植柳时的身边故旧多已不在,不禁"感物伤怀",柳树成了物是人非的见证,痛述"感遗物而怀故,俯惆怅以伤情"。 二是欧阳修《去思堂手植双柳今已成荫因而有感》:"人昔共游今孰在,树犹如此我何堪。"——这种流逝之叹,尤其让我嗒然。

书中谈到冬柳,说杨柳即使在冬天衰落凋残,也多入诗眼画幅,特别是能引起画家的关注,成为古代绘画中的重要题材。——可见柳树入冬便衰条残枝已是定律,然则我在西湖遇到的冬日绿柳,更显不寻常了,仿如一个上天的暗示。

《中国杨柳审美文化研究》的书名虽云"文化",但重点是文学;而张哲俊《杨柳的形象:物质的交流与中日古代文学》(人民文学出版社2011年3月一版)则相反,书名虽有"文学"二字,但偏重于社会科学。这部六十多万字、数百幅插图的厚书,表面上以中国传入日本的杨柳来比较两国古代文学,实质用心不止于此,而是通过杨柳来考察物质史和生活史，研究物质及其与文学的关系，进而试图取得比较文学方法论上的新突破。这种从主体情感回到物质本身、从文学研究过渡到科学研究的意识与角度，有我欣赏之处；全书浩瀚的内容，有我感兴趣之处，只是里面没有与本文相应的话题。

吴浩然编《丰子恺杨柳画谱》(齐鲁书社2008年6月一版)，是因为丰子恺钟情于柳，乃从其两百余幅画到杨柳的漫画中选出过半汇编起来，并撰文从多方面进行介绍，是关于丰子恺的别开生面的主题之作，也可作独特的花书看。

所收有多幅是今年有缘遇上的心爱作品：四月在杭州那间挂满丰子恺漫画的晓风书店，购书后获赠该店翻印的《垂鬐村女依依说，燕子今朝又作窠》(柳树下的女孩，桃红燕飞的春景)，六月到香港艺术馆看"有情世界"丰子恺画展，得观原作的《好花时节不闲身》(对着柳窗抽烟写作的准自画像)、《月上柳梢头》(少女倚在柳墙下，旁边有一对小白兔)，以及观展后买的复制品《翠拂行人首》(柳荫下两位女子的背影)等。今为写此文重睹，回思不已……

然而，有一幅新见作品却别具意味：《今日我来师已去，摩挲杨柳立多时》，绘的是某年冬天，他往访弘一大师故居，看到先师手植的杨柳，怀人有感。画中之柳，亦如我今冬在西湖看到的，仍是绿枝飘摇。

这就恰好可让我得到慰解,以及对上天暗示的理解了:虽则春消冬降,斯人已去,柳树却仍长青,睹物伤感之余,乃可知天地间总有幽情永在的,哪怕换了一种形式,正如那棵杨柳等于是弘一大师留给丰子恺的情感寄怀。寒冬柳青,酷世留情也。

又想起这回带在路上读的一本清代小说、古吴墨浪子的《西湖佳话》,写白居易在杭州筑白堤惠民众(按:此乃民间讹传),同时流连山水,纵情享乐,后被召回京,恋恋不舍,叹息明明与西湖结下了宿世之缘,却偏偏共对时日仓促,不能长相厮守;又记苏东坡原来曾两度官守杭州,第一次也是风流快活一段时间后调离,当时亦感叹未遂其志,之后兜兜转转竟有机会重来,再续前缘,了却当年未完心愿,并筑了苏堤。——这两道长堤,自古都夹植桃柳,优美的景观惠及后世。然则白、苏虽际遇不同,但无论其人在此间有哪一种缘分命运,都能留下一份长久的情意的,不管那是桃花的因时而变,还是柳树的绿意不改。

**2012 年 12 月底**

# 东瀛的朝颜夕颜

川端康成写过一篇《日本美之展现》，说他问一个在日本学习的意大利人，对这个岛国最深刻的印象是什么，对方即时回答说："绿意盎然。"这也几乎是我的答案。去年八、九月间旅居两周，最震撼的观感之一，就是日本人对植物的热爱。

不说山林田野的自然生态，（川端康成谓："全日本就是置在优美而幽雅的大自然之中。"这种环境"孕育着日本人的精神和生活、艺术和宗教"。）也不说宫殿、公园、校园等公共场地的老树森然触目皆绿，就是都市中的寻常街巷，家家户户门前墙后，都见花草树木，绿出一片安闲恬然的生机。再几个细节：在大大小小各个景区（哪怕小到只是一个庭院），都印制了随季节更新的赏花指南；从正式宴席到公路边小饭店，乃至普通的咖啡馆，每桌都精心布置着各种小巧雅致的花草装饰；路上的水电设施铁铸井盖，有的也是美丽的繁花图案；书店里，关于园艺、植物的书总在进门显眼位置单独摆出一片……

日本人爱花，是爱到骨子里、文化里的。带去读的李冬君《落花一瞬——日本人的精神底色》(北京大学出版社2007年1月一版)这样介绍：他们"从花里体认神性，而有花道，审美意识和宗教感结合，给日本人的知、情、意，打下神性的底色"。这种审美意识与中国文化有微妙的区别：我们的传统，是"花草树木皆被赋予了道德意义，道德评价主宰审美"，用抽象的"文而化之"，"来行道德和政治教化功能"，如将梅兰竹菊定为"四君子"等；日本文化特点则在于美，重视具象和个体生命，"如实地表现自己，而非作为道德观念的喻体，逃避善，而趋于美"。像中土的插花、佛教的供花，花只是载体，但传到日本后演变成花道，上升为"花乃主体，本身就有'道'"。——我不得不承认，对此我是有同感的，虽然日本人完全基于美而扬弃善，很容易走向恶的极端，所带来的后果，我也永难原谅。

不谈这样太大的话题吧，说回夏秋之间的日本之行，最常见的花是牵牛花。一个早上，在东京早稻田大学附近，看到路边一大丛蓝紫色的牵牛花开得正美，清亮的阳光穿透过花瓣，仿佛携来纯净的碧蓝天色留在了花上，真是最好的"朝颜"，停步看了好一会儿才走。

牵牛花这个名字，有典可据的出处，是来自南朝陶弘景、后来被李时珍《本草纲目》（[清]张绍棠重校，中国书店1988年5月影印一版、1996年1月八印）等反复引用的说法：有人因服用牵牛花种子治好痼疾，就牵着水牛去向此花谢恩。日本人则因其清晨盛开，而称为"朝颜"。比较这两个名字，都很有一份情意，但前者是浓厚的实用色彩和道德意味，后者则纯为对此花本质美态的描述，也大致可见出上面说的中日文化之别。另据吴淑芬著《花的奇妙世界——四季花语录160则》（中国农业出版社2003年1月一版），浪漫的法国人也把牵牛花称为"清晨的美女"。不过就比不上"朝颜"二字的典雅温婉了。

日本人极为喜爱朝颜，这趟在各处店铺所见的、铺天盖地花样繁多的花草题材纸品与纪念品中，应时的此花便频频出现（他们这类制品的花草图样会按不同季节更新），各种风格，各种图案：喜多川歌麿画的浮世绘，美人手持牵牛花团扇，或直接捧着一小盆牵牛花，更显娴雅婉妙的风度、温文端丽的风情；镝木清方等绘的多款小巧便笺，各色牵牛花或恣肆，或静敛，或浓艳，或清淡，缤纷喜人；再一张无名作者的明信片，大片幽蓝牵牛花占满了画面，繁盛而又安宁……如是等等，漂亮得让人爱不释手。

这么纤小的花儿也可制成花道，石山皆男编的《陆拾柒目——画花·话花道》(陆小晟译,三晋出版社2010年4月一版),第三目就是朝颜:一蓝一黄两朵牵牛花,自在地盛放出楚楚风致,温柔的尽情尽性;几丝轻俏的藤叶,是若即若离的痴缠、曲折回转的怜爱;再加上一个白瓷水盘、一块竹制花台,就成了一份娴静、清新、低调的欢悦,令人生情生意。

曹正文《群芳诗话》(浙江人民出版社1985年12月一版)有一篇《翩然飞上翠云篸》,指出牵牛花在日本多达一百多种。可见日本人对其用心培育。该文谈"牵牛花是群芳谱中的一种奇特的花":晨开午瘁的花期,与众不同的形状,明艳多变的色彩,以及"攀援缠绕技术之高,颇为惊人","附绳缠竹,蜿蜒而上,长蔓柔条,绕篱萦架",文章题目所引杨万里诗句即指此特性。

在牵牛花那几个特点中,日本人最重视的是其朝开午谢的绚丽短促。清少纳言《枕草子》第三十三段,引古人"迫白露之未晞"的诗句,"叹息朝颜花的荣华不长"(周作人译文)。紫式部《源氏物语》(人民文学出版社1980年12月一版、1998年6月再版一印)第四十九回,写一个夏日早晨,薰中纳言看到院内各种花卉中,"夹杂着短命的朝颜,特别惹人注目。此花象征人世无常,令人看了不胜感慨"。并引古歌:"天明花发艳,转瞬即凋零。但看朝颜色,无常世相明。"

薰中纳言摘了一朵带露的朝颜花,吟道:"晓露未消尽,朝颜已惨然。"他把此花放在扇子上观赏,"但见花瓣渐渐变红,色彩反而更美(按:牵牛花会自然变色,因其花瓣中的花青素经阳光照射后能让花色由蓝变红),便将花塞入帘内,赠二女公子一诗:'欲把朝颜花比汝,只因与露有深缘。'"二女公子看到那花带着露水枯萎,遂答诗曰:"露未消时花已萎,未消之露更凄凉。"(丰子恺译文)——由朝颜的短命而感遗下露珠的孤苦,这是上升到另一种悲哀了,似更刻骨。

不过,这种朝露也会另有一种情致。《枕草子》第三十四段,写男子离去后,女子在七月早晨的湿润雾气中,穿着淡紫色衣、浓红里衣、二蓝裤子的缱绻情形——这些色调让人想起牵牛花。下面说:"在朝颜花的露水还未零落之先,回到家里,赶紧给写后朝惜别的信吧……这男子匆匆归去,大约也觉得朝颜花上的露水有情吧。"周作人译注谓:日本"古时男女婚姻皆男就女家寄宿,至次晨归去,即写信给女人惜别,称为后朝"。——不止婚姻中,日本古典文学经常写到恋人之间也如此,而且那早上离去后写来的惜别信,会附上带着露水的花草,或系在树枝上。这样的文雅风俗,也真是"很有意思的"。

周作人还注解说,日本古时的"朝颜",除了牵牛花,还指桔梗、木槿。木槿也是夏秋时节的朝开暮落之花,这次在东京看到两处很特别的木槿：护国寺那晋唐风格的佛塔前，一红一白两丛木槿花，开在一棵形状奇丽的青松脚下，仿佛红颜白肤的女子，围拢着长者在听讲佛经，很有禅意的图景。而上野公园旁边众多美术馆博物馆的其中一个馆外，掩映着西洋雕塑的木槿花，则是少见的连花心都雪白的品种。——这两处木槿的背景，恰是日本深入吸收中华古典文明与西方现代文化的象征。

与朝颜相对的，是暮开朝萎的夕颜。这次带在旅途上读的《日本古代随笔选》（人民文学出版社1988年9月一版、1998年6月再版一印）两种，均有夕颜的描写和注释。清少纳言《枕草子》第五十八段："夕颜与朝颜相似，两者往往联系起来说，开的花很有趣味。"不过就嫌夕颜的果实太大不好看。周作人译注谓：夕颜"乃是匏子的花，因为它开在傍晚，在苍茫暮色之中，显出那白色的花朵，可以与早上开的朝颜相比。但本文中说它结实太大，那么所说的是瓢了，日本少瓠而多瓢，取其实刨皮为长条，晒干为馔，称曰干瓢"。吉田兼好《徒然草》第十九段："六月，贫家之夕颜之花开作白色并燃起驱蚊之火，亦有味。"王以铸译注谓：夕颜即葫芦花。

这里出现了匏、瓠、葫芦等几种植物，值得辨别一下。

早在《诗经》中，就有《匏有苦叶》、《瓠叶》等多篇涉及匏和瓠。对于二者为何物、是否同一物、与葫芦的关系问题，历来有众多解说，吴厚炎《〈诗经〉草木汇考》就此汇录最详，指出当以《本草纲目》之说为是，即二者在远古是同一物的通称，后来才细分出不同品种而以匏、瓠分别指称。不过随后他将瓠释为葫芦，又明显与《本草纲目》所指"首尾如一者为瓠"不合。参考胡淼《〈诗经〉的科学解读》等，可以这样概括：葫芦，就是常见那种果实上下膨大、中间纤细者；匏，是葫芦的一个变种匏瓜，果实较大，扁球形，剖开后可作水瓢；瓠，是葫芦的另一个变种，果实粗细均匀如圆棍状（即"首尾如一"）。至于周作人还说到瓢，似有不通，瓢并非独立一种植物，而是匏或葫芦所制的器具。

《诗经》里写匏、瓠，都只记其叶其果的实用价值，不像日本人在意观赏它们的花（还给取了"夕颜"这样爱怜的佳名）。手头一二十种《诗经》名物著作基本亦然，最多指出二者都于夏秋开白色花。就此，也惟有胡淼《〈诗经〉的科学解读》谈得最具体：瓠，花白色五瓣，因其傍晚开花，翌晨闭合，故上海等江南地区称为"夜开花"。《辞海》也采类似说法。——这就把瓠与夕颜联系起来了。

我在日本两番偶遇夕颜，都很有情味。一次是在富士山附近的村落，细雨黄昏，路过一户人家，铺满绿墙的大片心形叶子中，开着一朵朵通体洁白的硕大花朵，花与叶的样子都非常完美，如心花沾雨盛放，舒展，恬静。另一次是在古都镰仓，随意乱逛，走进一片花木簇拥、安逸清幽的民居，午后的小巷里，一间店铺门前攀缠着一株夕颜，四下无人，阳光明净，绿叶轻垂，白花初放，在凉风中开开合合，犹如娇羞女子午睡初醒，闲寂慵懒的静好情景。

不过，回来后对比深圳一石《美人如诗，草木如织——〈诗经〉里的植物》对匏花的描述和照片，以及潘富俊《诗经植物图鉴》所载瓠花照片，都远没有我在日本所见的夕颜之美。有位以"夕颜"为号的友人说，我看到的应是也有夕颜别名的月光花，区别在于瓠、匏与葫芦花的五瓣是分开的，而月光花的五瓣连在一起；日本有一首唱秋雨夜怀人的歌《月光花》，可见此花在日本的流行。

也许，夕颜像朝颜一样，是多种类似花儿的统称吧。那位友人还告知，潘富俊《红楼梦植物图鉴》里把紫茉莉也当成夕颜。紫茉莉又名晚饭花，夏秋季黄昏开放、清晨凋谢，其名虽紫，其花也有白色的，恰好我在日本亦见过。还是在镰仓，一个人晃晃荡荡随兴闲行，后来想去海边却兜错了路，但乱走闲看也逛得愉快，那些洁净的街道、优雅的民居，都是充满生活气息的景致；赶及到海滩看夕阳之前，路边人家篱笆上的一大丛雪白紫茉莉，在斜晖中开得繁杂极了香极了。当时就想：这也不妨算作夕颜的。

日本人重视瞬时美感，"以短暂的审美体验，代替对永恒的期盼"（李冬君《落花一瞬》），故喜欢的花事多属绚烂而又脆弱、盛大而又短促的，如樱花、红叶等，从中玩味无常、怜惜的"物哀"之美。朝颜与夕颜也是速亡之花，尤其夕颜，因为主要开在夜里，更被用来譬喻仓猝而幽隐的爱情。紫式部《源氏物语》第四回"夕颜"，就讲了一个美丽哀婉的故事。

说的是源氏公子夏日客居某地，看到隔壁陋屋门前，青青蔓草中"开着许多白花，孤芳自赏地露出笑颜"。随从禀告说："这里开着的白花，名叫夕颜。这花的名字像人的名字。这种花都是开在这些肮脏的墙根的。"（丰子恺译注云："瓠花或葫芦花，日本称为夕颜。"）源氏公子便叹息道："可怜啊，这是薄命花。给我摘一朵来吧。"随从就去摘了，不意那隔壁人家出来一个侍女，拿着一把白纸扇对随从说："请放在这上面献上去吧。因为这花的枝条很软弱，不好用手拿的。"源氏公子看那随花而来的扇子，上面潇洒地写着两句诗："夕颜凝露容光艳，料是伊人驻马来。"原来，隔壁女主人就叫夕颜，因窥见源氏公子的秀美容貌和才情风度，心生倾慕，故题诗相赠。源氏公子回赠了诗句，从此便牵惹了心目,时时思之。

自然,源氏公子是个多情种,就在这一回中间,他还与一位情妇来往,并用早晨庭中的朝颜花,来比喻和撩拨一个衣着与体态犹如牵牛花的侍女。

但后来,他与夕颜终于成其好事,这番爱意却不同过往寻常,是他风流艳史中的一段真挚深情:她温柔绰约的风度、活泼天真的性情、安闲自适的气质、轻盈动人的身姿……让他无限迷恋,深深爱慕,见前焦灼盼待,聚时恋恋不舍,别后想念不置。虽然,他也有所顾忌反思,但始终无法断念。她也同样心思千回百转,两人沉浸在真正爱恋特有的烦恼中。他终于明白:"我对人从不曾如此牵挂,今番真个是宿世姻缘了。"决意与夕颜正式双宿双栖。两人隐居在一处郊野的庭院,赏花木、听秋虫、观星月,或者"互相注视被夕阳照红了的脸",在美景中镇日相对畅谈,尽享恩爱深重。他回应她当初的扇上诗句吟道:"夕颜带露开颜笑,只为当时邂逅缘。"……

只是这种与世隔绝的美好时光过不了多久,就猝然中断:夕颜得了恶疾暴死。源氏公子悲痛不已,书中用很长篇幅写他的伤心欲绝,常常哭泣冥想,怅叹"那天傍晚,只为一朵夕颜花的因缘,对那人一见倾心,结了不解之缘,现在想来,这正是恩爱不能久长之兆,多么可悲!"此后,对逝者的思念贯穿终生，哪怕再有其他种种女子如何可爱，他都无法忘怀夕颜，沉浸在回忆中哀痛怀缅。

——这个故事，我是回来后在大雪节气的早上读到的……是这样的"天意之兆"，一场茫茫的风流遗恨。花，开只一朝一夕，没有了就没有了。

然而，就像曹正文《群芳诗话》里说的，牵牛花"清晨始开，日出已瘁，花虽甚美，而不能留赏"；但，又"好在它生生不息"，今天的花谢后，明天其他的花还会接着开，绵延生长。又如王邦尧《草木如诗》，里面的《朝颜与夕颜》篇没什么特别资料可取，倒是另有《木槿诫》，谈这别一种朝颜，让人感慨时光流逝、"一些有心保留却无力留住的美好"；但又引李渔用木槿教人豁达的话："睹木槿则能知戒。"因"木槿有它开与谢的时间与秩序"，"虽短暂而有定数"，已然好好开过，且宽怀面对荣枯。——在此无常的浮世，我们亦惟以生生不息作自祷、以顺随自然作自勉吧。

2013 年 1 月底，孤寂的好天气。

# 新加坡的西米

　　春节假期,重游新加坡,感受海外华人的过年气氛。自然,也访书和探花。

　　住地附近的乌节路,是个繁华时尚的购物区,但《走遍全球:新加坡》介绍,此地林立的名牌店中也有一间规模很大的纪伊国屋书店,除夕当天去逛了一下。那本旅游书说这是东南亚最大的书店,这个有点存疑,但确实占满了一栋高级商厦义安城的整整一层,书也确实很多。比如,光是教人怎样自己做手工书的港台小众读物,都不下十种。我选购的则是美国艾米·史都华著的《邪恶植物博览会》(周沛郁译,台湾商务印书馆2011年4月一版),全书介绍了两百多种能伤害人的植物,作者拥有一个毒物花园,又与丈夫开设一间古书店,这保证了本书的科学专业性和文史资料趣味。书中还有很精细的插图。

　　曾见国内出版的《有害植物图鉴》而没买,不喜欢将植物按有益有害来划分的功利性,可怎么就接受同样专谈植物中坏分子的此书呢？只因"邪恶"超越了"有害"，有一种迷人的蛊惑，就像作者一面循循告诫提防这些植物的危害，一面又说："自己深受植物界的犯罪元素吸引。我爱了不起的反派。"

书中记载原产东南亚等地的苏铁，是常见的景观植物，但又是最毒的植物之一，其中的伪西米棕榈（旋叶苏铁），二战时关岛人因食物短缺，取其种子制粉为西米食用，但没有浸泡溶洗掉毒素，结果造成大批死亡和后遗症。

我前几年去新加坡后写过一篇《南洋西米如星雨》，谈在旅途上读《中国古籍中有关新加坡马来西亚资料汇编》，才知道我们现在常作为甜品的西米，原来早在明清史籍中已有记载，是出自新加坡一带的沙孤树，当地人将树皮捣浸后"澄滤其粉作丸，如绿豆大，晒干而卖，其名曰沙孤米，可以作饭吃"（明马欢《瀛涯胜览》）。张廷玉等编纂的《明史》又因近音而称作西国米，至少到清末则已简称为西米（郑观应《南游日记》）。

西米不止一种植物可以制作，除了这本《邪恶植物博览会》所说的之外，近年还新见两条资料。

周建人《田野的杂草》（香港新中国书局1949年6月一版）记植物的食用价值时说道："有梗内柔软部分可以取出来制小粉，拿来供吃的，例如印度的莎木，拿出来的小粉做成细颗粒,叫做西米。"

英国托尼·赖斯编著《发现之旅——历史上最伟大的十次自然探险》(林洁盈译,商务印书馆2012年1月一版),另列举两种西米树,并附有从前西方探险家、植物学家所绘的精美图谱。一是17世纪后期在斯里兰卡发现的俗称董棕或印度酒椰子的孔雀椰子,"木髓被拿来制作成淀粉食品,就是一般所谓的西谷米"。二是18世纪后期在澳大利亚发现的智利苏铁,"虽然其种子有毒,澳洲土著还是将它当成食物,将它磨成粉状制成西米"。这些种子必须先浸泡并煮熟才能食用,西方探险队的船员生吃了一两颗就上吐下泻。

这趟在新加坡,参观了上次去时还未建成的滨海湾花园——那是新加坡人在已有了颇具分量的传统植物园的前提下,又兴建的一大片游乐式园林,未来世界般奇幻味道的巨型温室栽种了世界各地的奇花异草,人工超级巨树结合了观赏与能源再生,不禁对他们的想象力与大手笔再次叹服——但很遗憾,又忘了吃一碗源起于当地的清甜西米露。

只是,新加坡那连张爱玲都向往的社会管理,也像诱人的西米,我们品尝吸纳时当取其正宗,不要吃到"伪西米"才好。

2013年2月18日—3月3日

附记：

　　文末说到张爱玲，因纪伊国屋书店的中文书区悬挂着一大幅很触目的张爱玲像，遂想到张爱玲与新加坡的联系。宋以朗整理的《张爱玲私语录》，收入张在 1994 年 10 月写给邝文美的一封信："九七前你们离开香港，我也要结束香港的银行户头（按：指宋淇邝文美夫妇为其收存版税稿酬的户口），改在新加坡开个户头……既然明年夏天要搬家，不如就搬到新加坡，早点把钱移去，也免得到临时的混乱中又给你们添一件麻烦事……我对新加坡一直有好感，因为他们的法治精神。当然真去了也未必喜欢，不过我对大城市向不挑剔。……"虽然张爱玲最后没有成行（宋淇夫妇并非如她想象的那样因九七要逃离香港，她本人也在写那封信后不到一年就去世了），但可见新加坡的法治保障给她留下了深刻印象，以至产生了移居新加坡这样的晚年宏愿。参见余云《张爱玲曾想移居新加坡》（新加坡《联合早报》2010 年 8 月 12 日）。

# 澳门的木棉

澳门这个岛城,在很多人眼中就是一座赌城,因此虽然离得不远,但我以前没怎么关注过。直至春节期间首度小游,才感到意外欢喜,出乎意料的好;读陶炼等《闲话澳门》、聿欣《澳门风物掌故》等书,更惊觉这弹丸之地原来还有那么丰富的内涵。

论历史,澳门是中西文化在海道上的最早交汇地,明代就开放为对外商埠,16世纪中期葡萄牙人进占后,即成为天主教在远东的统领基地,以利玛窦为代表的欧洲各国传教士,在此学习中国文化后北上,传教的同时也传播了天文等科技和油画等艺术。所谓"文物达上国,此邦为萌芽"(汪兆镛《小三巴寺》)。

论史迹,作为中外交流的门户,澳门数百年来形成了中国传统文化与南欧文化(及葡萄牙人带来的欧洲文艺复兴成果)交织混合的独特风貌,尤其是建筑艺术,吸引人的古迹颇多,时觉惊艳。

论生活,这个资源奇缺的微型经济独立体,却曾是全球人均GDP最高的地方(当然,财富的半壁江山来自博彩业),经济富足带来了悠闲的生活氛围,中西美食丰盛,更特别适宜徒步游历,转悠在略有欧洲古典味道的斜街窄巷,甚感愉悦。

转悠,除了欣赏那些中西合璧共存、传统现代共冶的街巷、建筑、店铺外,也寻访书肆。在繁嚣热闹的市中心议事亭前地,有间清静的IPOR书店,店堂地面延续着外面广场街道的波纹马赛克装饰,是澳门常见的南欧风情特色;店内书籍也葡味、本土味极浓,因为它是由东方葡萄牙学会开设(店名就是学会的简称)。在中文书里挑了两本:王铸豪著《澳门树木(第三卷)》(澳门临时海岛市政局2000年3月版),以及《客远文看澳门》——前者介绍当地植物,但基本为外来落籍的树种;后者更属过客的眼光,却又都正是这个八面来风的"临时海岛"的恰当纪念。

客远文是位旅居澳门任教的澳大利亚作家,那本关于澳门(及小部分香港)的诗集,写这个"世界其中的一个尽头",有一首《城市百态》很精辟,形容澳门是"一根针尖顶着整个城市";"这个城市是一个轮子";"这个城市是一座博物馆";"这里……只有对街道的信守";"这城市不过是/一个落脚的地方",都颇贴切。

这小岛历来是过客流寓之地，诗人留下的，是诗，也是史。这点恰可与携作旅途读本的《汪兆镛诗词集》（邓骏捷等编校，广东人民出版社2012年8月一版）相呼应。

汪兆镛是前清遗老，辛亥革命后，不奉新政，屡辞包括其弟汪精卫在内的任职邀请，长期流亡蛰居澳门，成为这蛮夷僻地的学术重镇。尤其是写下大批亲身见闻而又广征史实的诗词，详尽记录了澳门的历史、风景、民俗、物产、花木，以及西洋的新奇事物，极具地方文史价值。他本来就是"怎禁得春寒，沈郎销瘦"一类情调，辛亥巨变更使他极受家国沦陷的冲击，故其澳门诗篇虽也写纯粹的景物世情（如记当时赌博行业已极具规模，以致妇女入赌馆有专车优待，"迎送有香轮"），但更多是别有身世感怀的寄托，借以抒发孤愤离忧的黍离之悲，眷恋怀念的故国之思。

其中一首《岁除日偕友人出游，小憩僧寺，见山际木棉盛开，赋简同游诸子》，我特别感兴趣。盖那天在澳门闲逛时，路过孙中山第一份工作所在地镜湖医院（澳门也是近代革命基地之一），看到一棵老大木棉，早早在这春节期间就已满树红艳如火，十分灿烂瞩目；汪兆镛此诗正好写到类似的罕见现象：木棉本来春时着花，那年却在腊月尾盛开，"向未有也"。而诗的结句是："纷纷风物都轻换，漫诧烧空开木棉。"则又寄寓着时世变迁之怅了。

另两首写广州的红棉亦然，都将这"岭表第一花"，作为兴亡遗恨、追怀沧桑的沉郁象征，让我想起了李商隐的《李卫公》："绛纱子弟音尘绝，鸾镜佳人旧会稀。今日致身歌舞地，木棉花暖鹧鸪飞。"

又想起近读台湾学者殷登国的《草木虫鱼新咏》（百花文艺出版社2011年1月一版），里面一篇《燃烧吧，木棉花》，对此花树有别致的描写，最奇特的是说，木棉就像"失恋的诗人"，乃别处未见的新奇比喻。细想下来，却又觉得很恰切了。

2013年2月28日—3月3日

# 台湾春花双城记

## 樱　　花

重游台湾第一天，下飞机后便直奔阳明山，这个台北的后花园，樱花之盛号称全台第一，是台北人每年春季赏花的著名景点。

可惜因今春的气候问题，台湾樱花提早绽放，当我三月下旬来到时，"阳明春樱"已落得差不多了，没能见识满山喷焰蔚霞的壮观美景。不过，还能看到几树绯红娇艳，与树下的火红杜鹃花相映，衬以山间幽深青翠的老树新绿做背景，尚堪娱目。此后，在苗栗等地，也曾于路边偶遇满树樱花，烂漫繁密，耀眼喜人。

其实，以前在江南春日闲游探花，在岭南偷闲"接待春天"，都赏看过各色缤纷樱花了。但在台湾看，却有特别的感觉，因为背后牵涉到台湾的一段历史：樱花易使人想起日本，阳明山的樱花最初就是日本殖民时代所栽的。

关于日本樱花，陈训明编著《外国名花风俗传说》（百

—— 117 ——

花文艺出版社2001年5月一版）介绍说："日本受中国文化影响，直到八世纪奈良时期，仍以从中国引种的梅花为最珍贵的花；但到了九世纪的平安时期，出于发展本国文化、振奋民族精神的需要，正式让日本土生土长的樱花取代梅花的位置，使'赏花'的主要涵义由'赏梅'变成了'赏樱'。""后来，日本人更将樱花之花色艳丽、花期短暂与武士之功名卓著、易逝疆场联系起来，以樱花作为武士的象征，产生了'花则樱花，人则武士'的民谚。""以后随着日本民族的复兴和樱花地位的提高，樱花崇拜更渗入整个日本民族的精神之中，成为日本的国花和象征，使日本人的赏樱带有其他民族难以理解的宗教狂热色彩。"

对此，不妨以文学作品来补充。有两本书名都叫《花》（李育孙等编，广西人民出版社1981年6月一版、1982年8月二印；黄芳编，人民文学出版社2007年7月一版）的散文集，分别收入了倪贻德写于1928年的《樱花》，冰心写于1961年的《樱花赞》，李连庆写于1978年、1979年的《满园樱花灿烂》、《樱花时节》，不同年代的几篇文章，基本可反映中国人眼中的日本樱花。

倪贻德那篇是在旅居东京时写的，谈樱花这种"东瀛三岛的唯一象征"，实物与图像都无处不在。花开时节，日本社会便"呈现出一种异样的空气来"，报纸每天都大篇幅刊登花事花讯,人们"如醉如狂,歌舞欢笑于其下,尽情游乐,入夜忘返"。文中详记了那种男女老少花下酩酊、倾城狂欢普天同庆的超乎想象的场面。

冰心那篇开头就说:"樱花是日本的骄傲。"她以在日本看过数十次樱花的经历,谈樱花"掩映重叠,争妍斗艳"的胜景,亦记日本人"春天看樱花的举国若狂的胜况","春天的日本就是沉浸在弥漫的樱花气息里"。写樱花之早开易落而又开落均盛大,引发日本人的人生短促却壮烈的感喟。

李连庆两篇,题目分别化用周恩来、鲁迅的诗文(这两位曾旅日的名人都对日本樱花念念不忘,多年后仍形诸笔墨,"触动情怀")。他也记写日本一千多年来未间断的春日赏樱习俗,还产生了不计其数的描绘樱花品种的画谱,其中一种《樱大鉴》,说樱花相传最早是从中国的喜马拉雅山脉传过去的,在日本不断增加品种,才形成了今天的日本樱花。

关于樱花并非日本"土生土长",也是不少专家的意见,有人认为樱花原产我国长江流域,日本樱花是引进后培育衍化产生的。不过,樱花在我国古代少为人关注,历来典籍诗词中的"樱",多数实际上指的是樱桃;但在日本,则精心栽培优化,成就了这个樱花之国的樱花精神和文化;然后,这些发扬光大的品种又传播回来——就像某些中华传统文化的命运……

这种"回流",有时是民族的痛史,如台湾,作为日本的第一个殖民地,被统治了整整半个世纪,樱花在这里无疑带着一种历史印记。

我的台湾之行,后来还看到另一处樱花,那种历史意味更为强烈。

是在台南,这个台湾最古老的城市,完整经历了大陆移民开发、荷兰人侵占、郑成功收复、清代回归、日本殖民、民国等所有时代,还是郑氏王朝及其前后统治者的首府,留下大量史迹。其中祭祀郑成功的延平郡王祠,红墙下有一排苍劲高扬的老树,说明牌介绍,那是当年日本人为思乡而栽的南洋樱,是日据年代留下来的历史轨迹。抬头看,高高的枝头上还有几串开剩的淡红花枝,仿佛时光深处的流风余韵。在这样一个地方,有这样一种花树,见出台湾史上两段时期诡异而悲凉的交集。

买了一套别致的《老树之旅》扑克牌,是介绍台南名胜中的古树,从树的身世来历,侧记台湾的发展变迁。(当地颇注重这种"老树与老建筑的对话",另还看到两种同类书籍。)其中一张,就是这些日本人带到台南的南洋樱。还有两张亦很有意思:也在延平郡王祠,有几棵曾栽在郑成功坟前的梅树，介绍说，台湾原来没有梅花，是郑成功之子郑经首度引进台南的。在台南孔庙，有一棵朱槿，介绍说这种植物也由郑经引进，"最原始的想法很政治，因为朱槿姓朱，跟明朝的皇帝一样，成了台湾明郑时期的非正式国花"。

梅花，是我国名花之首，中华传统文明的人格化象征，如前面引述的，因此一度也被古代日本所推崇；在台湾，梅花是官方当局确定的岛花。这趟逛书店时曾看到一本《梅树上的樱花》，记述一批日本军事专家为台湾效力的隐秘往事，那书名的意味，似乎还更可放大为一段历史暗角的写照。

至于朱槿，虽然来自热带，但在近两千年前的《南方草木状》已有明确详尽的记载，栽培应用早就很普遍，也可算是我国传统名花。它有另一个名字叫扶桑，而日本也曾别称扶桑之国，不过那种传说中的远古"扶桑"应该不是我们的朱槿，它与日本无关，反而，按照奉明抗清的郑氏王朝的想法，它代表的是汉文化正统，所以与梅花一并引入到台湾。

在当代，朱槿还是台湾人的一种家园意象。也是在台湾书店，见过一本《扶桑花与家园想像》，记述国民党军队家属住地"眷村"这一特有产物，之所以用这个书名，是因为以前眷村里家家户户都用扶桑花做篱笆（朱槿枝条柔韧紧密,花叶繁茂,历来是极好的绿篱植物),那几乎四季不绝的大红花,"为眷村记忆抹上一笔绚丽"。书的序言还写到当年眷村的大人交换种植心得,小孩则在花间游戏,摘花心、吸花蜜的景象(不少台湾人都忆述过这一甜蜜画面),并由后来花篱乃至房屋的消失而感叹流逝。

——然则,樱花、梅花、朱槿花这几种外来花木在台南的并置,便交汇出一份台湾花卉政治学……不过,植物是无辜的,我到底想多了,看花本身就好。那就只记取在东海岸看到几朵鲜红的朱槿花,映衬着苍茫婆娑的太平洋,那种娇柔热情与壮阔无情的强烈对比之美;记取在台北阳明山,拍摄的枝头樱花树底杜鹃上下斗艳的漂亮照片,让人看了赞叹说:"相当春天!"是啊,倘能撇开沉重的历史阴影,春天总是好的。

## 杜　鹃

就像我拍的那帧阳明山春色,在台湾,樱花与杜鹃向来是并列为春天花季主角的。蔡珠儿著《台北花事》的《春谶》篇,形容"樱花是嘴……杜鹃是手,她们组成了春天美丽的体态"。樱花如浓艳红唇,"嗔嗔喜喜弄得满树嘈嘈切切";"至于杜鹃,和春天的关系太深了,总是抢在前面拼命招手叫它过来"。吴淑芬著《花的奇妙世界——四季花语录160

则》记台湾的春景，更说："杜鹃花三个字，似乎也成了春天的代名词。"

在三月最后一天，兜了半圈台岛后回到台北，因为去逛二手书店，得计划外的随兴收获：台北的二手书店集中在台湾大学附近，想起一份旅游地图介绍新春踏青赏花去处，其中有推荐到台大欣赏台北市花杜鹃，遂顺道一游。

走过一座低调的红砖小门楼，进入台湾大学校园，迎面就是一条笔直宽阔的椰林大道，椰子树后面，开着两列红红白白的杜鹃花——这座历史悠久的台岛最优秀学府，很早就有"杜鹃花城"的美誉，椰林大道的开端处，立着两块显眼的牌子，介绍"花城的由来"和"台大杜鹃常见的种类"，里面记载，1950年为纪念校长傅斯年逝世，校方铸了一口"傅钟"，并开始在台大第一次大规模栽种杜鹃。自此，钟声花影相伴学子，从1997年起，还每年三月举办杜鹃花节，供人赏花的同时有各种文艺活动，成为台北春天的一场盛会。

我在杜鹃花节的最后一天前来，花事已到尾声，但那些艳紫粉白，凋落满地的同时也还密聚满枝，在阴黯的雨天中犹觉养眼。走在小径上，一边是高大笔挺、让人仰视起敬的椰子树，一边是这些拂衣相傍、让人亲近怜爱的杜鹃花，沿路长长地走过去，步步花色，甚为怡情。再走走校园各处，郁郁葱葱的种种老树，白色细花、名字好听的流苏等种种花木，掩映着一座座红砖老楼，雨后的空气仿佛都浸满了先哲前辈的气息（台大名家辈出，尤其文学院等，曾汇聚了一批当年从大陆赴台的大师），感觉很好，就像一个朋友游历台湾几所学院后寄来明信片说的："台大最美，符合我对大学的所有理想。"

台湾大学的杜鹃花风景，是几代台大人的青春集体回忆，在好些作家的笔下都有写到。

萧丽红那本让我多年难忘的小说《千江有水千江月》，我以前为"虽说凤凰是心爱的花"震撼感怀，但其实里面除了凤凰花还有杜鹃花。在情愫刚刚展开而又尚未点明的美妙时间，台北的他给台南的她写信："听说你喜欢凤凰花……台南的特色如果说是凤凰，台北的风格，就要算杜鹃了……凤凰花在台南府，才是凤凰花，杜鹃花也惟有栽在台北郡，才能叫做杜鹃花……现时三月天，杜鹃开得正热，粉、白、红、紫，简直要分它们不清。寄上这一朵，是我才下楼摘的……"这背景就是"杜鹃花城"台湾大学。因为这样的南北双城二花各适其适，她回信说："花都有花性了，人间正是无限风景。"后来她到了台北，已毕业的他邀她去逛台大，看着各种记忆的景物，感叹"人毕业，灵魂未毕业"，好像从来没有离开过。不过，那时杜鹃花季已经过了。然后，这两个同心者的爱慕苦恋也失落了。

我去台南，就是因为这部有个人纪念意义的小说、那些有私己象征意义的凤凰花，而对这座古城怀了一份特殊的亲切感觉（可笑的隐秘联系）。不过，夏季尚远，满街的凤凰木还未开出悠扬蔓延的美丽火花，是一个遗憾。但在台北校园看过杜鹃，这是他与她相呼应的花，也算可以弥补了。到现在因为写这篇文字，重温那本小说，再一次旧影纷飘，依然情怀激荡心灵涤荡，且还知悉了当初的书缘背景，书里书外，耐人寻味的人生故事，无可替代的饱满青春……

　　简媜的第一本散文集《水问》，第一篇就是《初次的椰林大道》，当中写台湾大学这道风景线上的杜鹃，将椰树与杜鹃花之间的小径称为"情人道"，赞美春季杜鹃缤纷中同行的罗曼蒂克。此外还有《花季之遗传》等，更极言这些杜鹃花开得"发疯了"，"到处绽放，到处天不怕地不怕，争先要开的气势……那种喧哗真令我晕眩，令我喘息。""不得不承认整个季节都是她们的天下。""满溢花城……真的只能用'满'字来形容。""(杜鹃花)在台大，除了有浓得睁不开眼的艳红外，还有纯得不忍闭眼的白色……总令人很愉快地联想到春。""为了满城耀目的杜鹃，我情愿伤眼！"

　　不必讶异简媜的情感，这是她在台大就读时的作品结集，记录了学院生活的年轻心怀。我为写此文翻出这本几已遗忘的蒙尘旧书，不起眼的小书，仿佛一直在书架的角落静静等待这次重遇的机缘，且还是很恰当的重遇：翻到全书结尾，那篇毕业时节"诀朋"的文章后面，有自己的昔年笔迹，记曾读于某年二月的情景——那就是我旧文《杜鹃花下曾读诗》里这段话的背景啊：诀别良朋、诀别大学校园后，"某个安静的雨夜，就着橘黄的路灯看湿润的杜鹃花儿，忽然心里涌起思念……在片刻间像回到故园的春夜，那时雨湿少年身，杜鹃花日子"。

　　"这样的流逝不居，这样的天意与人情各行其道"，我都忘记那篇旧文与简媜此书的关系了，现在却因校园的杜鹃花而重新连接上。从书中笔迹看，当初我并没有读前面那几篇杜鹃花文字，但因为时令与心情，而有了那样的关联。再翻看当年其时笔记，却尚有另外的关联——那个身在红尘的春季，还读了余光中《听听那冷雨》，里面一篇记南国花木的《春来半岛》，除了洋紫荆等让我思忆故园外，还有杜鹃也是：他写香港中文大学的草坡上，春日各色杜鹃"一片迷霞错锦，看得人心都乱了"。令他遥思曾待过的台湾校园，"霞肆锦骄的杜鹃花城里，只缺了一个迟迟的归人"。当时我在旁边写道：大学母校的草坡也如是，但今天只能对着阳台上的一盆杜鹃回想当年之盛……

　　因为台大的杜鹃而带出这种种大学里的花事心事（青青春日绚烂唯美的杜鹃花，真是南方大学的代表花卉和南方学子的青春形象之一），在旧书堆中如此牵连旁及，是闲览的乐趣。然而，那是惆怅的牵连了，不由得又生出拂去岁月尘埃的低回。是的，"杜鹃是我大学时认识而爱上的花"，让我多年来一写再写，也曾在浓绿轻红的三月重回故园探访（还刚好在学校旁的旧书店买到《中国植物志》杜鹃花分册）。只是，我算不上余光中说的归人了，哪怕灵魂从未毕业，但无论在台大还是母校，现实中的此身都已变成杜鹃花间的过客。简媜毕业后整理《水问》这本"个人断代史"时在自序一开头说："像每一滴酒回不了最初的葡萄，我回不了年少。"

像每一朵杜鹃花回不了最初的春天。

2013 年 5 月 11—13 日

辑
三

# 书生草木

# 护书之草

我国第一部词典《尔雅》，包含了大量战国至汉代的百科名词。当中有"释草"、"释木"、"释虫"、"释鱼"、"释鸟"、"释兽"等篇，乃"名物诠释之宗"（扬之水语）。对其价值，郭璞序认为："若乃可以博物不惑，多识于鸟兽草木之名者，莫近（过）于《尔雅》。"今人则指出，它是我国古代动植物分类认识的完整反映，将植物分为草（草本植物）、木（木本植物）两类，将动物分为虫（无脊椎动物）、鱼（鱼类、两栖类和爬行类动物）、鸟、兽四类，已与现代生物分类学的认识基本一致。

韩愈诗云："《尔雅》注虫鱼，定非磊落人。"不管其意是自谦自嘲抑或讽刺不屑，历来热爱此道的人还是不少；我对《尔雅》的兴趣，也正在于草木鸟兽虫鱼而非该书其他内容，所以，后人的诸种《尔雅》诠释本，以宋代罗愿专门研究其所载动植物的《尔雅翼》（石云孙点校，黄山书社1991年10月一版）最合我意。

罗愿广征文献，又注重目验，《尔雅翼》在《尔雅》释名的基础上，进而探究源流，甄别名实，说明形状、特性、功用等，兼考论音义语用，纠正了前人不少谬误。《四库全书提要》称许其"考据精博，而体例严谨"。扬之水研究《诗经》也列为重要参考书，赞赏"它的引证，说详也可，说杂也可，总之每一则都可以作故事读"（《诗经别裁》前言）。

其中"释草"120种、"释木"60种，自然是我关注的重点内容。六月中旬得书即夜、在近来日夜不断的狂雷骇电大暴雨中，读了"卷施"、"卷耳"两则。

事缘近十年前，购得淦女士（冯沅君）的小说集《卷葹》，这个带着古典诗意的书名，颇勾起我的兴致。查到鲁迅曾把此书编入"乌合丛书"，写信给陶元庆请对方画封面，信上说："卷葹是一种小草，拔了心也不死，然而什么形状，我也不知道。"连一贯喜爱草木虫鱼的鲁迅都不明所以，我当时就手头的有限资料查索一番，也未得确解。情形大致如下：

"葹"，见于《离骚》："薋菉葹以盈室兮，判独离而不服。"葹一般解作苍耳，与菉（淡竹叶）一起泛指恶草。苍耳又名莫耳（王逸仿《楚辞》而作的《九思》，有"椒瑛兮湟污，莫耳兮充房"句，意同于屈原），乃一年生菊科植物，春夏开花，果实有毒、有刺，易附于人畜而传播（故又名"羊带来"），到处杂生——这些是它被视为恶草、喻指小人的原因。

《诗经·周南》有《卷耳》："采采卷耳，不盈顷筐；嗟我怀人，寘彼周行。"一般认为卷耳即菜耳，叶如鼠耳，丛生如盘(如朱熹《诗集传》)。——卷耳(苍耳、菜耳、蔤)的叶、苗、种子可以食用，是古代的野菜，《诗经》时代人们就采摘了，然则它并不全是《离骚》里的反面形象。

但让人疑惑的是，其一，据《辞海》，今天植物学上的卷耳并非菜耳(苍耳、蔤)，而是多年生石竹科植物，没有上面说的特性。其二，当时手头典籍中，找不到冯沅君那样的"卷蔤"组词。其三，如何"拔心不死"(鲁迅《中国新文学大系·小说二集》之《导言》介绍语)，也不详明。

到今夏，前些时在明人王象晋《群芳谱》中读到《卷耳》一则，写得很有情味："宿莽也，一名枲耳……性甚耐拔，其心不死。可以毒鱼……入书笥中，白鱼不能损书。"这里说的仍是古之卷耳(苍耳、菜耳、蔤)，由此知道"拔心不死"、"拔了心也不死"可有两解，一是拔去其心(芯)仍能活，二是"性甚耐拔，其心不死"，总之都指其生命力强。(故而非常易于生长，加上其果实的黏附性，乃成为难以防治的杂草。)

现在读《尔雅翼》，得到进一步了解，却也产生新的问题。

原来，"卷施"一词见于《尔雅》，冯沅君的书名是有出典的，只不过易为"卷蔤"，更加古色古香。《尔雅》"释草"谓：

"卷施草，拔心不死。"郭璞解作宿莽，说《离骚》中的"朝搴
阰之木兰兮，夕揽洲之宿莽"，就是卷施。王逸则指宿莽"遇
冬不枯"，正与木兰的"去皮不死"合为君子象征。

指宿莽为卷施，除了郭璞，还有罗愿《尔雅翼》引《南
越志》的佐证；但也有不同意见，潘富俊《楚辞植物图鉴》（前
面所记也多有参考该书）引历来纷纭众说后，认为宿莽应是
莽草，李时珍《本草纲目》谓莽草"有毒，食之令人迷惘"。

《尔雅》"释草"还另辟"卷耳"条，罗愿的笺释，其性状
等与前引"菤"（苍耳、菜耳）相同，也就是说，菤（卷耳、苍耳、
菜耳）归菤，卷施（宿莽）归卷施，是两种植物；而王象晋《群
芳谱》则视两者为一。

于是，菤与卷施，古称的卷耳与今称的卷耳，牵连所及
还有宿莽等，组成了一片迷离草色，始终让我目乱。然而，
时隔近十年的两次翻检诸书，总是一番纸上踏青之乐。我
最喜欢的还是王象晋那条典故：不管是宿莽（卷施）还是枲
耳（菤、卷耳、苍耳），不管其他正面价值与负面意义，这种草
能防蠹鱼（白鱼）损书，就是读书人眼中的可爱植物了。

2007年6月中旬记，

2008年1月中旬修订。

# 半夏时节品荔枝

　　七月初,正是最多水果上市的"半夏"时节,购得半夏所著的一册博物散文《果子市》(中国社会科学出版社2006年12月一版)。作者有感于现代人淡忘了水果的人文色彩,乃采录有趣的文史资料(以古代为主),继承古人闲谈笔记的风格,为31种水果写下这批谈笑风生的小品,征引丰富而不见碍滞,语言谐谑却有时失于油滑。

　　读当时得令的荔枝等篇,其引宋代蔡襄开创性的《荔枝谱》,说荔枝是不肯苟同的树,所以即便成百上千,也不会有相同味道的。——这是荔枝的可爱特性。

　　但也正因此,造成对荔枝品种优劣判断的莫衷一是。我早已知道蔡襄有一个著名说法:荔枝以闽中第一、蜀地次之、岭南最下。就因身为岭南人对此不服气,从来不打算买他的《荔枝谱》。想起手头一本"广东地方文献丛书"《〈南越五主传〉及其他七种》,里面有一种清代吴应逵的《岭南荔支谱》,遂抛下《果子市》,翻出开读之。

吴应逵是广东人，因"荔支作谱，始于君谟（蔡襄），后有继者，要皆闽人自夸乡土，未为定论"，乃辑编此谱，专收关于岭南荔枝的资料，"事属闽、蜀者，概从阙如"。征引文献近百种，共得200余条，间杂考辩按语，分类编排为六卷。

针对蔡襄《荔枝谱》闽、蜀、粤高下之论，本书引朱彝尊《曝书亭集》等说法驳之。又针对蔡襄等认为进贡给杨贵妃的荔枝（所谓"一骑红尘妃子笑，无人知是荔枝来"）来自四川涪州而非岭南之论，则引《唐书》、《通鉴》、鲍防和杜甫诗等资料驳之。

无须辩驳、比较统一的意见是：中原荔枝最早来自岭南，始于汉初南越王赵佗的进贡；其后汉武帝破南越，在京建扶荔宫，移植了从南方迁来的百株荔枝，虽然并没栽活，此后还是靠南方进贡，但渐渐闽、蜀得以水土近似而引种了。

撇开带有乡曲之见的论辩，《岭南荔支谱》收录了很多有意思的记载。

其引嵇含《南方草木状》：荔枝果子"至日（夏至）将中，翕然俱赤"。——这四字生动鲜明，形容真好。曾在王象晋《群芳谱》里读到，原来是偷自此处；另屈大均《广东新语》亦袭用此语，它确是引人喜爱的描写。（在植物和文字中，我常有欢心契合的凑巧偶遇，这回读《岭南荔支谱》中间，又恰好看到上海《文汇报》有台湾女作家喻丽清的一篇短文《荔枝》,结尾也正是写荔枝的这一妙处:她有天晨起见荔枝一夜之间满树由绿变红,"好像画家的一时兴起,红颜料淋漓泼洒了出来,哪里耐烦一笔一画慢慢着色!我那份惊喜,真不知怎样来形容"。)

　　还有两则,也来自《广东新语》:北方以牡丹盛开的农历二月十五日为"花朝",广州则以荔枝大熟、商人开始载运贩到北方的夏至为"果日"。荔枝"每一年多,则一年少,闽中谓之歇枝,广中谓之养树。岁岁丰盈,则树易衰;养之而后经久不坏,子且繁大。盖树自养,非人养也"。——荔枝产量间歇性的一年多一年少现象,俗称"大年"、"小年";而屈大均从中领悟出大自然和植物的自我调节,乃是可人的天意,此为荔枝的又一种可爱了。

　　蔡襄《荔枝谱》提出"其于果品,卓然第一"的观点,确立了荔枝的地位。而荔枝本身又分为繁多的品种,当中谁是"第一",历来亦常生有趣的争论。地方出产不同、各人口味有异,这当然是不会有定论的,以本地的流行和我自己的口味,要数桂味和糯米糍并列最佳:桂味是少女,果型秀丽,果壳有小尖刺,红得清新,果肉爽脆,清香如桂;糯米糍是少妇,果型丰满,果壳平滑,红得浓艳,果肉厚腻,甘甜多汁。吴应逵在按语中说得好:"水晶丸(即糯米糍)肌体丰艳,桂味则如淡扫娥眉，要皆绝世佳人也。"

我所居的小邑盛产荔枝，更出生于遍野荔枝的一处乡村，从小就攀树摘果，至今年年品尝无缺，荔枝可说是我最亲切最熟悉的水果。今夏得读有关文章，诚如《岭南荔支谱》今版校点者杨伟群对其评语："佳果佳话，言之娓娓。"如此谈荔，有啖荔之愉焉。

2007年7月初记，

2008年1月中旬修订。

附记：

后来购得一本《历代荔枝诗词选》(王一洲等选注，广东旅游出版社1987年6月一版)，从中读到，原来早在蔡襄《荔枝谱》说"其于果品，卓然第一"之前，汉代王逸《荔支赋》就已评为："卓绝类而无俦，超众果而独贵。"——这位王逸，是著有《楚辞章句》的著名学者，此赋是目前所见最早一篇专门描写荔枝的文学作品。

# 芙蓉醉醒

在孔夫子旧书网买到一册"孤本"台版书、殷登国编著的《中国的花神与节气》,颇感高兴。"花神"、"节气",这两个题材都是我私心极喜爱的,尤其前者罕见专门撰述,此书合二为一,集中展示了古人如何与花木相依、与天地相契地度过一年时令。

第一部分"花神"。我国古代文人和民间曾评出农历每个月的当令花卉,并选一位与该花卉有关系的人物为花神,于花神庙供奉之,及记述、图绘之。作者整理掇拾了各种典籍的相关资料,分月对两者进行介绍。

第二部分"节气"。介绍二十四节气的来历、典故、历史上的民俗等,也有不少当令的花木鸟兽虫鱼物候内容。

作者还搜集了大量相应图片,包括古代绘画、版刻插图以及动植物照片等,置于书前书中,使这本独特的著作更显内容丰富,情趣盎然。

得书时正当农历十月,书中载是芙蓉(木芙蓉)当令。

这种深秋的花,"不但象征着秋艳,还被人誉为乐天知命的君子。明人王象晋《群芳谱》就说它'清姿雅质,独殿群芳,秋江寂寞,不怨东风,可称俟命之君子矣'。又因芙蓉花不畏寒霜,也称为'拒霜花',宋人苏东坡说:'千林扫作一番黄,只有芙蓉独自芳。唤作拒霜知未称,看来却是最宜霜。'"

——王象晋和东坡都想象得好。我还喜欢芙蓉树身高挑(是灌木或小乔木),花朵阔大,因此娇艳中有大气;另外其植株形态疏散,有野气,就是殷登国说的"野艳",而另查得苏轼有诗云:"溪边野芙蓉,花水相媚好。"

十月的芙蓉花神,像其他很多月份的花神(以及当今花卉)一样,历来说法并不一致,主要有两种:在近人王叔晖所绘的花神系列图中,乃是五代蜀国孟昶的宠妃花蕊夫人,传说因花蕊夫人特别喜欢,孟昶遂下令在成都种了四十里的芙蓉花。(殷登国未及一提的是:这就是成都又称"蓉城"的由来,至今仍以此为市花。)而清人俞樾的《十二月花神议》,则以宋人石曼卿为芙蓉花神,盖此君死后成仙,掌管芙蓉城云。殷登国在引述了这位大学士的酒量与肚量等逸闻后,进一步说:"石曼卿是'酒仙',芙蓉花是'醉客',以酒仙配醉客,谁曰不宜?"

这一发挥很妙,可补前人不足。因作者前面介绍过,芙蓉花中有一个著名品种:"花色会随时间而变化,早上初开时为白色,中午变粉红,傍晚时转为深红色,像醉酒的酡颜,明人田汝成称之为'醉芙蓉',更早的宋人姚宽则迳称这种'弄色木芙蓉'为'醉客'。"——不过,他指此花是"古代四川"所有,就略显见闻不广了,"醉芙蓉"后来已分布多处,身处岭南的我,读初中时教室旁就有一棵,至今还记得从早到晚上学放学再回校再放学,乃至上课下课之间,看它的颜色变化,那种少年的喜悦。

母校几经改建,那棵弄色木芙蓉应该已不在了。人间作客醉一回,酡颜逐次为君开,已是难得的欢情;秋风卷去后,乐天知命的君子,就只有在书本中回到古典时光隧道,观赏从前那些花木婆娑的时光刻度。

2007年11月中旬记,

2008年1月中旬至2月上旬整理。

附记一:

随后向友人道及此,获寄赠一批花木散文的剪报。当中洁尘的《居然一路风凉》写芙蓉,说"杜甫那首著名的'晓看红湿处,花重锦官城',据考证就是描述雨后芙蓉的景象。芙蓉是重瓣大花,淋了雨水后显得沉甸甸的,红艳更盛"。身处蓉城成都的作者对芙蓉不是很感兴趣,认为芙蓉气质"潦草",色彩"暧昧"。又指醉芙蓉乃二色芙蓉,由白变深红,则是误记了。

附记二：

越年得一册《红楼梦群芳图谱》(天津杨柳青画社1987年6月一版、1988年1月七印)，也涉及芙蓉的话题。

该书由创作过大量《红楼梦》题材作品的戴敦邦绘图，画了30位《红楼梦》中的女子和她们分别对应的花卉，由红学家陈诏各撰介绍文章。戴敦邦的古典画风，风流儒雅、婉转流丽，众女子传神活现，让人心动怜惜；附文介绍人物故事和花卉的书内书外掌故，加以评点体会，写得亦好。问题是，一千个读者就有一千种对名著的解读，该用什么花去配哪个女子，肯定不同人有不同看法，我感到最值得商榷的，是第一篇《芙蓉与林黛玉》。

以芙蓉配林黛玉，书中给出的理由有几点：其一，《红楼梦》六十三回，"寿怡红群芳开夜宴"中，众人抽花名行令，黛玉抽到的是芙蓉，签上题词是"风露清愁"，旧诗是"莫怨东风当自嗟"。按："莫怨东风"句，本出宋代欧阳修《明妃曲·再和王介甫》，而明人王象晋《群芳谱》记木芙蓉："清姿雅质，独殿群芳，秋江寂寞，不怨东风，可称俟命之君子矣。"因此林黛玉的芙蓉是木芙蓉而非水芙蓉(莲花)，历来并无异议。其二，晴雯之死，被传为是到仙界去做芙蓉花神，宝玉乃撰《芙蓉女儿诔》(按：此处仍指木芙蓉)；历来论者认为，这表面上是写晴雯，实际上晴雯是黛玉的影子，所以《芙蓉女儿诔》可以当作是给黛玉的祭文，木芙蓉还是应归属黛玉（本书给晴雯配的则是水芙蓉莲花）。其三，黛玉的性格与命运，也与"秋风中不胜哀愁而摇摇的木芙蓉"相似，唐人咏芙蓉"似有朝开暮落悲"，可移喻之。

但是，正如我在上面正文中谈到的，木芙蓉除了上述特点外，却又花朵阔大而娇艳，大气而野气；另外，还有人或誉之为"乐天知命的君子"，或贬之为"潦草"、"暧昧"。这些，都是与林黛玉相反的，我很难将她与木芙蓉联系在一起。

个人感觉与黛玉气质相契的几种花，在本册中，兰花给了邢岫烟，梅花给了李纨，水仙给了金钏，这都也罢了，不过还有一种，本册并没有出现过，属于无主认领，却也不安排给黛玉，殊感可惜。那就是菊花，《红楼梦》三十八回，"林潇湘魁夺菊花诗"，黛玉以《咏菊》、《问菊》、《菊梦》三首，人菊合一，淋漓尽致，将前三名一举收揽。则以菊花配黛玉，既有原著出典，又同样有木芙蓉于悲凉寥落的秋季孤标傲世的特点，比起木芙蓉，与林黛玉的性格气韵更为相符。

*2008年5月补记*

# 水仙风露发幽妍

　　水仙是名花,却名而不贵,从姿容到养护,都不沾贵气、娇气,其美态既脱俗又亲近,是寻常家庭春节的案头清供。我喜欢它这种出世与入世之间的意味,喜欢它那份文雅与家常兼备的清新丽质,只凭一点清水,就花、叶、色、香俱出众,一方面顾影自怜孤芳自赏,一方面又蓬蓬勃勃地在寥落的寒冬带来新春喜气。

　　关于水仙的专著自然也不稀见,偶然在网上搜得一册并不显赫的旧书《水仙花志》(福建人民出版社1980年10月一版),欣赏那个"志"字,乃选购来为水仙当令的农历十二月应景。书到手后却有意外的欢欣:它正合符我的趣味和所需,还超出了我的想望。

　　全书不到80页,但内容丰富而恰当:有综合古今大量典籍写成的《水仙花考》,有历代水仙花诗词选辑75首,有搜集的古今中外水仙花传说,有关于水仙花欣赏、培养和雕刻造型的专文,插附水仙花盆景彩照10多幅,连前言都用了

《花引》这么雅致的题目，可见出来自水仙之乡的编者之拳拳用心（该书由漳州市文学艺术工作者联合会编，相关部分内容也多有漳州的资料）。

在书籍设计方面，正文各部分选用不同的版式，变化多样；封面尤可一赞：书衣一片浅绿，上面是淡绿的魏碑体书名四个大字，下面是墨绿叶子的小小一丛水仙花，整个风格既夺目又静逸，是少有的佳品（张千一装帧）。

可以说，从内容到形式，这本纤薄的小书都像极了水仙花：是丰盈美丽的，却又清秀内敛，闲雅幽隐。——花书与所述的花如此贴切，实在欢喜。

得书时，正逢全国性的持续大雪大雨，在冷雨阴湿的早晨读之，《水仙花考》和《水仙花诗词》都好看，得褪半日寒意。

中国水仙品种最常见的，是在修长的碧绿叶丛上，开六瓣白花，中间有酒杯状的黄蕊，俗称"金盏银台"。对此形态，古人描摹比喻得好的有：朱熹的"翠袖黄冠白玉英"，张耒的"宫样鹅黄绿带垂"，王沂孙的"明玉擎金，纤罗飘带，为君起舞回雪"（该词结尾亦佳："携盘独出，空想咸阳，故宫落月"）。像王沂孙这样进一步想象的佳句，还有徐似道的"翠带讵容萦俗客，金杯只合劝仙家"。游寒严的"织女横河溪月坠，杯盘狼藉水仙家"。

游诗已经联想到神话人物了。由于水仙以水滋养的习性，古人常将水仙比作洛神、湘妃等与水有关的仙女，吟咏甚多，不免滥调。但有几首借曹植遇洛神事入诗的，还是写得很动人：陈旅的"水香露影空清处，留得当年解佩人"；陶孚尹的"昨夜月明川上立，不知解佩赠何人"。特别是丁鹤年的《水仙花》教我别生惊喜："影娥池上晚凉多，罗袜生尘水不波。一夜碧云凝作梦，醒来无奈月明何。"十多年前，我曾偶然转折读到那一句"醒来无奈月明何"，深深感怀，从此记住了这位元代诗人，到现在才意外得睹全诗真容，却原来是写水仙的。写水仙而及月者很多，要数丁鹤年的这片月色最让人惆怅徘徊。

不过所有这些诗词中，我最喜欢的是黄庭坚的《王充道送水仙花五十枝》。开头写："凌波仙子生尘袜，水上盈盈步微月。"据朱伟说，这是水仙得"凌波仙子"美称之始。然而此与丁鹤年句一样，不过化自曹植《洛神赋》的"凌波微步，罗袜生尘"。可赞叹的乃是结尾："坐对真成被花恼，出门一笑大江横。"按朱伟的说法，其时诗人已到老病的晚年，有"大江无情东去"的逝水之怅；但我看到的却是：从坐对纤弱之花转向出看雄阔大江，从洛水伤感的泪影转向横绝滔滔上回荡的笑声，这种彻悟了人生烦恼之后的乾坤朗朗，才是无奈无情中的好情怀。

提到朱伟，是因为正好近日一期《三联生活周刊》上，他的专栏写《水仙》，我在读《水仙花志》后读此文，有互补互纠、相得益彰之美。

朱伟的记写我也是欣赏的。比如他的文字，形容水仙曰："幽楚窈眇，凝姿约素。"比如文中的资料，有些为《水仙花志》所不具，像引林洪《山家清供》对"金盏银台"的状写："翠带拖云舞，金卮（即酒盏）照雪斟。"更比如他的心性，如说："今人好切（水仙花）球茎而使翠叶盘曲成蟹爪，韭叶秀丛、兰香细幽的感觉也就因此而被破坏。"此点我十分同意。我反感扭曲植物本性的盆景，故对《水仙花志》中专论雕刻的部分读着就别扭，尤其所写漳州花农特有的技艺让我触目惊心：阄割法。他们用刀"阄割鳞茎，用人工创造出水仙的各种特殊形态"，以打破水仙自然生态规律为美为乐。李东阳早就写过，水仙"风鬟雾鬓无缠束，不是人间富贵妆"，奈何今人不仅缠束，还要下刀。这样的水仙我是不会要的。

只是，朱伟文中也有些疑点与讹误。如上引那首黄庭坚诗中的水仙，分明是洛神化身，他却说是织女的侍女梁玉清，不知有何依据。又如他说宋人对水仙有"雅蒜"的称呼，而据《水仙花志》引《长物志》，此称其实在六朝时就出现的了，且还是水仙最早的名字。（在那之前，典籍并无记载水仙。又：唐代还没有咏水仙的诗，是宋代才大量出现。）

最突出的是，文章结尾谈唐代出现过、可能来自国外进贡、后已绝迹的红水仙，转引唐人段成式《酉阳杂俎》记载："奈(柰)，只出拂林国(按：即东罗马帝国)……花心黄赤。"这一段李时珍《本草纲目》也引用过，认为描述的此花形状与水仙仿佛，是外国的名称不同。但朱伟说，奈花已早经辩明是茉莉，言下之意李时珍和历来将此作为红水仙佐证都错了。其实，相关资料在《水仙花志》中也都引述了，还进一步考辨："奈只"乃阿拉伯文和拉丁文"水仙"的近音。可见，在这个问题上前人无误，是朱伟对"奈(柰)只出拂林国"一句六字的点读所致。

由此看来，博闻如朱伟，似乎也没有看过这本名声不彰的《水仙花志》，于是更添了一分邂逅冷门好书的得意窃喜。

春节在即，水仙是我每年都要与之相对一次，现今尚未入室，且先以此小册小文，提前领受水仙之亭亭玉立，袅袅清香也。因改刘克庄咏水仙花句"全凭风露发幽妍"为题。

2008年1月下旬

附记：

随后购得《酉阳杂俎》(杜聪校点，齐鲁书社2007年7月一版)。这本唐代笔记小说，内容庞杂，并非花卉专著；但因其中涉及花草典故甚多，陈俊愉等编的大型工具书《中国花经》

附录的"历代花卉名著",特地将其纳入,此可见其出色,以一部分内容就能成为这方面的名作。

新春读其"木篇"、"草篇"等,有不少植物史料,特别是记录了众多异域珍奇植物,如上文所述的红水仙。手头这个版本以《四库全书》为底本,那句令朱伟生歧义的文字作:"捺袛,出拂林国。"原文后面还有一段:"取其花,压以为油,涂身,除风气,拂林国王及国内贵人皆用之。"

又:春节时在香港街边的花坛,首次看到洋水仙,当为原产英国的喇叭水仙,每株硕大一朵,美则美矣,不如中国水仙的纤纤风情。

# 水浮莲的沉浮兴衰

　　有一本旧版画册,《郑乃珖百花画集》(人民美术出版社1980年2月一版),在孔夫子旧书网上颇受小众追捧,我看了一些画片书影,也很喜欢,这回终于以不算太离谱的高价竞得,到手后一看,才知道有多喜欢。

　　首先是他融合了工笔与写意,花卉的形态精确工细,而又姿态各呈动感;色彩鲜艳饱满、酣畅喜人("多以白描为基础,然后用色晕染而成"),而又没有俗气,"秀劲多姿,生气勃勃,格调新颖,生机盎然"(卷首《出版说明》)。其次是融合了写实与装饰,构图别出心裁,有时一枝素净,有时烘托陪衬,陪衬的除了山石、草虫、瓶皿等,最特别的是经常将花卉置于青铜器等文物旁,造成奇异的效果。再次是题款,或引前人诗句,或录植物的性态特点,而书迹每每不同,行、楷、草、篆、隶皆能,各具风姿。(郑乃珖在民国时期与文坛大家多有交往,其文史修养自是不俗。)——论者有谓郑氏开创了一种古今中西结合的综合性独特风格,"在意境、取材、构图、造型、用线、敷彩以及题款、钤章诸方面均大大突破前人藩篱"，"前所未有的扩大了艺术表现力"。诚非过誉。

郑氏解放后在西北生活，但他本是福州人，早年又曾游走南洋等地，因此所绘既有北方名花，也多南方品种。看到画册中精研妙绘的鸡蛋花、栀子、水浮莲、凤凰花、黄蝉、杜鹃、夹竹桃、三角梅、木棉花、美人蕉、芭蕉花、南洋兰花和诸种仙人掌、仙人球花卉等等熟悉的花卉，真是欢喜。

当此小暑时节，明净的夏日傍晚，坐在老屋的阳台上，身边花草相伴，对着开阔的清朗天色和隔着马路的运河，赏看这本"百花画集"，觉暑气全消，舒心怡情，是悠然畅快的一刻，是喜出望外的收获。

而因了眼前的运河和这画集中的漂亮水浮莲，使我想起这种入夏开花的水草，乃翻检一下植物书的记载资料。

据《辞海》、陈俊愉等主编《中国花经》、吴德邻主编《广东植物志》（第八卷）（中国科学院华南植物园编，广东科技出版社2007年10月一版）、王绍卿主编《常见杂草图说》介绍，唤作水浮莲的植物实有两种，均为多年生水生漂浮草本。

一种亦称大薸（薸，古代江南方言称浮萍），天南星科。叶簇生呈莲座状，无茎，像一朵荷花漂于水面。夏季开小花，白色。分布于中国中部、南部。

另一种正式名称是凤眼莲或水葫芦，水浮莲只是俗称，属于雨久花科（按：这个科名有意思）。叶有柄，叶柄基部膨大如葫芦；花有茎，夏秋开丛生的花朵，蓝紫色，其中上面的一枚花瓣有黄色斑点，犹如凤眼。原产热带美洲，中国长江以南均有分布。

两种水浮莲均繁殖迅速，可作猪饲料或绿肥，又皆有药用，还都作观赏植物。不过水葫芦更为美丽和奇特，花被取作切花，也更易成为绘画题材：去年夏天所购的常沙娜《花卉集》（黑龙江美术出版社2001年6月一版），收有三幅凤眼莲，都是作切花状，其中一幅题语还说此花"常在居民大院内被放在缸内养植"。而《郑乃珧百花画集》所绘，则是在茫茫水面有花有叶蓬勃动人的原生态，带点乡野气，却更富生机，也让更我亲切——因为它在广东少有用作切花，都是这样随随便便生长于池塘河流的。

按：常沙娜《花卉集》亦堪称形态生动、色彩艳丽的佳作，看得人欢喜赞叹。不过现在对比《郑乃珧百花画集》，则感到精美得略嫌纤细，装饰性太强，不如郑乃珧的大气。

水葫芦属于我的童年记忆，但原来随着时间推移，当我已届中年，它也经历了沉浮兴衰。

作为古书所无的引种植物，我手头能查到最早的科学记载是周建人《植物图说》（香港商务印书馆1959年3月版、

1966年8月二版〈按:此书最早是商务印书馆1940年版〉），称为凤眼兰,说是"供观赏栽培"。该书所收"以路旁、田野的普通植物,及普通栽培植物为主",原书初版于1940年,可见当时已传入且较普遍,但不是用作饲料肥料。

这一点可从2002年出版的《广东省志·农业志》(欧阳坦主编,广东人民出版社2002年4月一版)得到印证,该书"饲料"一章将水浮莲归入"建国后的栽培饲料",并载:"1956年全省养殖水浮莲6.5万亩,基本上达到了乡乡有水浮莲。"(以我童年在农村的体验,这里说的水浮莲是水葫芦而不是大薸。)

1990年出版的《中国花经》,也还具体介绍了栽培方法。

然而,到2007年出版的《广东植物志》第八卷,已有新的认识:说它原为栽培饲料,不过现在多逸为野生;指出它另有清凉解毒等药效,又可用于监测和吸收水中的有毒重金属元素,"但它生长繁殖快,经常堵塞河道,已成为有严重危害的外来入侵物种"。

——想想也是,这些年穿城而过的运河上,春夏间不时就可见到大片大片壮观的水葫芦,堵截清除之繁难,让城管和水利部门头痛不已。

它是因为兴,才造成了衰。原来,哪怕你可赏可用、诸多好处,但过于泛滥无所节制的话,终究零落收场。再美好的东西，都是要适可而止的。古人早云"行于当行，止于当止"，虽然这种哲理很让人悲哀。

　　小时候在乡下看惯了的满塘水葫芦，一片浓绿，簇簇蓝花，那种从前不觉得有多美的景色，现在只能从《郑乃珖百花画集》中唤起些许印象了。

2008年7月初

# 惠特曼的雪松

公私杂务劳心,酬酢酒意伤身,这是一个都市俗人的典型日子;可是,天气又实在太好了,不忍虚度辜负,于是抽一点时间,对着明净柔和的清风阳光、静美繁艳的自家花木,看一点书,以清心舒神。

读的是惠特曼的散文集《典型的日子》。这位"草叶诗人"晚年克服半身不遂的病痛,坚持走到户外,观察自然,或山林隐居或长途旅行,长期与自然万物为伴,进行描述、思考和歌颂,留下了这些"简洁、素描般的笔记","向自然学习的笔记"(译者序《惠特曼:自然的功课》)。

我喜欢他带着温情去描写的自然景象、山川风物,以及天地之间的种种光色(比如天空的种种蓝色)。它们是生命之源——包括身体,也包括人性,正如他所说的:"难以描述的丰富、温柔、充满启示——有什么东西完全渗透了你的灵魂,滋养、哺育和安慰着长久以后的记忆。"这是自然对人的赋予,也是一本关于自然的好书对读者的赋予。

我也喜欢他没有一些"自然论者"、"原生态论者"那种矫情的极端。一方面，他固然鼓励人们离开城市到原野中去并自己亲身实践之，但另一方面，如译者序专门指出的：惠特曼将其生态整体观思想扩展到了城市文明，将"人化自然"纳入视野，从而扩大了"自然"的含义；他那种万物普遍联系和依存、自我要与万物融会的观念中，万物既包括自然界的一草一木，也包括人工造物。——这也是我私下的想法，很高兴看到惠特曼的取向相同，他果然无负我一向的推崇，有着对人类历史发展的坦然洞察和豁达胸襟。

　　我还喜欢译者序又提到的："惠特曼为了克服记忆的经济学对事物的刻意遗忘，不惜动用列清单的方法。"比如《一棵树的功课》，开头概括树木的品性：强壮，生机，忍耐，纯真，狂野，沉默……到最后，因为对树木的爱是那样深挚，他干脆舍弃赞美了，只用一种最素朴的形式表达出来——我非常理解这种心情——列出他熟悉的20多种树木名字。类似的清单，还有《鸟和鸟和鸟》、《野花》、《忽略已久的礼貌》等。

　　——对一个爱书人来说，一份同道中人的书单，或者某家好出版社的书目，都是极有兴味的读物，从表面枯燥的书名和出版资料中，能读出很多有意思的东西；同样道理，对一个自然爱好者来说，那些动、植物清单也会产生绝不清淡的情味（即使不计它们作为观察资料的科学价值）。正如惠特曼在谈到草原时说的："甚至有关它们最为简单的统计数字也是壮丽的。"

这里我也列一份单子，是这部《典型的日子》中充满诗意的一些标题：《在栗子街的第一个春日》，《夏天的景象以及懒散》，《秋天的侧面》，《海边的一个冬日》，《一个美好的下午，四点到六点》，《星光灿烂的夜晚》，《最初的霜》，《致清泉和溪流》，《红花草和干草的芳香》，《鸟，以及一个忠告》，《在中央公园散步和聊天》，《我转而向南，继而又向东行》，《诗歌中的草原和平原》，《一些老相识——记忆》……从中，也大致可见本书的主要内容。

比起上述文章题目，集中那篇《雪松果一样的名字》更是惠特曼对自己这些散文笔记的直接概括："有一次我想给这本选集命名为'雪松果一样'……它是游荡、观赏、跛行、闲坐、旅行的混杂——抛进去一点思考作为调味的盐巴……（还有）若干对文学的沉思——书籍，对若干作家的研究，尝试了卡莱尔、爱伦坡、爱默生（始终是在我的雪松下，在户外，从来不是在书房里）……"

为什么惠特曼会用雪松来比喻自己写作？该文描写：这种常绿植物，树节上散发着"刚刚可以闻到的香味"；"毛茸茸的浓密叶簇中，斑驳地点缀着一串串中国蓝颜色的浆果"、"光洁而结实的蓝色果实";它"能适应所有的气候","也能适应任何土壤——事实上它更喜欢沙地和寒冷偏僻之处——如果能远离犁铧、肥料和修剪的斧子,能够独处,它就很满足了";"它们的无用性疯狂生长……它们满足于被遗忘"。——看来,这真是一种适合诗人心性的好树。

但是,有网友对文中那种令我向往的"蓝色浆果"提出异议,勾起我的好奇,于是专门去翻了一堆书,发现惠特曼的记载确实有点问题,却也由此获知雪松的好些特色。

雪松,是一种松科高大乔木,它的枝叶就很有个性,在同一棵树上却各显风采:大枝平展,小枝下垂;尖锐的针形叶在长枝上是散生的,在短枝上则簇生。当然,更主要是它塔形的漂亮树冠,使之成为著名的观赏植物,我国长江中下游等地就广泛引种作行道树、园林绿化树。(不过,也并非"能适应所有气候和任何土壤"的。)

雄伟、挺拔、秀丽、刚劲的雪松,在原产地小亚细亚一带被视为"上帝之树"、"神树",是《圣经》数十次提及、尊崇备至的"植物之王",有基督教和统治者等象征寓意,标志着上帝的形象。因其木质坚硬,纹路细密,抗腐性强,散发清香,是古代埃及、以色列、巴比伦等地建造宫殿和神庙的上等木材,同时是造船的上好木料,又用于宗教仪式特别是安葬死者,被视为"死者的生命",象征不朽、永生、神性等。——可见，惠特曼说雪松"无用性"，同样是出于误解或故意有所寄托。雪松正是因为太有用了，加上历史上曾被视为财富的象征、被作为征服敌人的一种仪式，从而导致大量砍伐，无法"远离斧子"。（关于雪松之于《圣经》，赵荣台等著《圣经动植物意义》失收；关于雪松的用途，《辞海》只载种子可榨油，《中国树木志》则只简单说木材可供建筑、家具用，而德国玛莉安娜·波伊谢特著《植物的象征》、赵松等编著《世界各国国花国鸟》(世界知识出版社 1983 年 9 月一版)二书，则以大量的有趣史料作了具体介绍。)

至于它那引起争议的果子颜色，我查了中外各两种植物志，郑万钧主编的《中国树木志》、陈俊愉等主编的《中国花经》、英国艾伦·J·库姆斯的《树》和同是英国人拉斯泰尔·菲特尔的《树》，所记载的多种雪松，描述略有出入，但确实没有一种雪松的果是蓝色的(后两本书还有精确的彩色图片可供对照)。蓝绿色的花或叶倒是有，但惠特曼大概不至于把花叶跟果混为一谈，我想更大的可能是他混淆了果的颜色：几种雪松的果子在成熟前，或者淡绿，或者绿紫，或者紫绿，让诗人看成了蓝色；再加上这些熟前果子上"微被白粉"，就成了"蓝"中泛白、有如中国瓷器的"中国蓝"。——当然，这样说的前提是，我们暂且相信《典型的日子》的译者马永波没有译错。

不过，惠特曼原文还有一句话：雪松有"一种我多么喜欢用我的书页留住的自然的芳香"。我读到《植物的象征》的一条记载，觉得倒是无意暗合相映成趣的："在古时，人们用雪松油浸渍书卷，以达到防虫、延长书籍寿命的目的。"——古人和惠特曼，从不同角度将雪松与书页联系起来，使之成为一种可让读书人感到亲切的植物。而我在疲劳中耗费一夜，从书卷中翻检爬梳出一些有意思的资料，则可算是在既无雪也无雪松的南方冬天，遥想一份芳香。

**2008 年 11 月中旬**

# 西番莲的前世今生

书房窗台上的一株西番莲，日前忽然枯死了。

这是与我有缘分的植物，相对虽然仅一年有半，但它日常带来绿窗荫蔽，不时奉上奇花异果，是近年的欢心良伴；而且，这种植物的身世来历比它独特的花朵还要奇妙，其名称与实物之"产生"过程，颇为有趣多姿，我的"发现"过程也有如侦破一宗复杂案件，在长久的探究中时得邂逅喜获。现在把往日的多篇笔记整理成这篇"草木书话"，也算是送别与怀念的意思。

## 前世：作为纹饰的虚构之花

最早留意西番莲，是2007年盛夏8月，读扬之水的文物短札《一花一世界》，有感于我国古代很多名物的图饰纹样是花果草木，如果能专门研究一下这些植物装饰图案的缘起、流变、分类、寓意等，考察各种花木在名物文化中的地位，也有助于研究植物的栽种演化，应是很有意义、也很有意思的。其中一种西番莲，出现较频繁，被扬之水称为"早已本土化了的吉祥图案"，使我产生兴趣，查了一堆书，略知为：

西番莲原产南美等地，是热带、亚热带草质藤本的蔓生攀援植物，有卷须。其花中有丝状体多条（雄蕊），花药（雄蕊花丝顶端呈囊状的部分）能转动，故又名"转心莲"。果实气味芳香，美洲某些地方古老传说视之为亚当、夏娃所吃的"神秘果"。——但是，它似乎不像文物中的西番莲。

首先是它的引种时间没有文物中出现的那么早。刚好当时邮获《中国植物志》（第一卷），里面有西番莲的概述，称作为观赏植物的西番莲引入后广泛栽种最早是在明清时期。当然，该书也指出，西番莲科中有另外二属22种原产长江以南，因此我国"极可能是本科起源和早期分化的地点之一"。但就算这样，其形态特征也与文物上的图案不大对得上号。

［按：《中国植物志》（第一卷），中国科学院中国植物志编辑委员会编，吴征镒等编著，科学出版社2004年10月一版。作为世界上篇幅最大的植物志，《中国植物志》从20世纪30年代开始编研工作，1958年正式启动，经过四代人的努力和三百多位专家的协作，至2004年全部出齐，共126卷册。与其他丛书不同，这套权威的绿皮书是等编好全部各

分册后，才倒回头去编辑出版总论性质的第一卷的，它在介绍中国各类植被和植物的区系、中国植物资源情况、中国植物采集简史等的同时，还对《中国植物志》的编研史作了简要回顾。]

这个疑问到当年冬天得以解开。那是11月的"小雪"前日，在广州逛了还保留着老羊城风味的文明路老街等地，买到几本"文物中的植物"专题书。

第一本是《古代建筑雕刻纹饰——草木花卉》，运气真好，毛延亨的前言谈到草木花卉传统纹样的构成规律，有一种是"想象出来的花卉"，专门举了我关注的西番莲："宝相花，亦称西番莲，很美，它富丽华贵，装饰性强，经常用在庄严性的建筑或佛教装饰。这种花在自然界中找不到，是人为构成的花，集荷花、牡丹的基本形，又对花瓣作加工变化，添加其他花卉做花蕊，卷曲的花瓣根部作圆珠规则排列，使花变得珠光宝气。"

书后附各种植物纹样的小辞典，其中释"宝相花"，除上引有关内容外还指出："又称'宝仙花'，盛行于隋唐，……又有'西番莲'之称。……敦煌石窟佛教艺术宝库里堪称宝相满堂，光彩夺目。"

书中收有6件以西番莲（宝相花）作纹饰的文物，图案均繁复美满。最早一件是江苏扬州唐代石塔西番莲浮雕石栏板，评语云："三花一式，匀称丰腴……拙而古朴。"清代的几件，则"丰润、健壮、大气"；"叶壮、花秀、枝缠，……精排密布，仪态端方"。

——这就大致明白了：花心可以转动的西番莲是一种植物（严格说是一科多种），虽然它的卷须近似"枝缠"，但却不是我国古代建筑雕刻、名物工艺品中的"西番莲"，后者是一种虚构创造出来的纹饰（也许其创造跟佛教文化传入有关，莲花本身就是佛教圣物）。只是我还搞不清楚，作为纹饰的"西番莲"这名称究竟起于何时？它与植物西番莲之间，谁先命名然后借用于另一方？

［按：《古代建筑雕刻纹饰——草木花卉》，毛延亨撰文，陈建国等摄影，王谨等绘图，江苏美术出版社，2007年8月一版。这是一套较全面的古代建筑雕刻纹饰集成，由专家到各地选取不同风格特色的精美作品，进行拍摄，并对部分纹饰以手工绘制线描图，然后创新地将彩色照片与绘制的纹样对照编排，以铜版纸精印，分类分册出版。每件作品都有出处说明，好些还附了内行的精当评语。本册所收数百帧纹样，工艺之美，变化之繁，令人叹为观止。古人将各种草木花卉收入建筑雕刻，凝固长伴，那份心思也是可人的。］

同日所购一套《明清瓷器纹饰鉴定》中的"荷莲牡丹

卷"，书前有一篇不署名的总论《明清瓷器植物纹饰概述》，简介了植物纹饰的历史，其中说到，莲花纹饰在南北朝时期就达到了高度成熟，此后历朝历代，缠枝花卉、特别是缠枝莲都是最重要、最常见的题材。该卷第一部分、占最大篇幅的就是缠枝莲纹。

按照《古代建筑雕刻纹饰——草木花卉》记载的，枝缠、瓣尖、卷曲的花瓣基部作圆珠规则排列（也可说是云头如意状）这些特征来对照，明清瓷器的缠枝莲大部分就是西番莲。但奇怪的是这本《明清瓷器纹饰鉴定——荷莲牡丹卷》并未提及。上网检索一下，有将缠枝莲与西番莲并称的，但也有说："清代，内地与中亚地区文化交流密切，工艺品制造中出现模仿中亚风格的作品。当时流行的西番莲图案即是传统的缠枝莲图案与中亚图案相结合的产物。"这与《古代建筑雕刻纹饰——草木花卉》所述及实物照片所示、西番莲纹饰早于唐代已出现却不相符。

这连同"西番莲"的名称问题等，都有待文物和植物专家专门考证，我只能让这些缠绕的枝叶藤蔓从纸上探出书外，作为谈资。比如，购书的那个"小雪"前日是西方的感恩节，而我所得的多种书都与植物有关，合该向花木感恩；又比如，随后在一帧清亮阳光葱郁大树的画面中，向喜爱文物的故人欢欢喜喜地聊聊数月来的西番莲之缘，及其他花事书事,极为赏心愉快,种种恰当,也教人感恩……

[按:《明清瓷器纹饰鉴定——荷莲牡丹卷》、《明清瓷器纹饰鉴定——松竹蔬果卷》、《明清瓷器纹饰鉴定——四季花卉卷》,铁源主编,华龄出版社2004年4月至10月一版。这套书收集的实例极富,每册都有五百多件器物彩色照片,分细类作详尽的文字阐述。但其取古董收藏鉴定的角度,不像《古代建筑雕刻纹饰——草木花卉》取文物、工艺角度那样与我气味相投,只为了看看"文物中的植物"而选购几本。]

## 旁枝:被动地攀附传奇名花

上面谈了作为纹饰的西番莲和真正的西番莲,但据说,西番莲还有另一重身份,我一开始关注西番莲时也发现了这另一疑团;而所谓"数月来的西番莲之缘",中间便有个插曲。

当时我看到一些专业书籍记载,古代的玉蕊花就是西番莲,心里有些疑惑。

关于玉蕊花,以及与之相牵连的琼花,是古代两种传奇名花,众多诗人文士曾赋诗撰文记载赞美,却也留下聚讼纷纭。它们都值得专门写一本书去论述(事实上从古到今都有人这样做了),这里只简单介绍一下:

传说唐代长安唐昌观有玉蕊花，曾吸引仙女降临赏玩，为一时美谈。此外，翰林院、集贤院等地也有栽种。王建、刘禹锡的两句诗对其描摹最佳，"一树珑璁玉刻成"，"雪蕊琼丝满院春"。到宋代，扬州后土庙的琼花开始令人惊艳，其"树大花繁"、"洁白可爱"，"天下独一株"。因为两者都是雪质玉容、高洁仙态，人们把这两种珍贵稀见植物联系起来，将琼花视为玉蕊。实际上这是误认。琼花实为聚八仙花的一个优良突变种，后来经历了金兵入侵将其挖走、人们在老根上重新培育、最后老死枯萎，已完全绝迹了，后人用普通的聚八仙花在原处补种，但其色、香、形均逊于琼花原貌。今天我们到扬州看的"琼花"即是聚八仙，那株因为某种天时地利因素突然变异冒出的琼花，属于不育杂种，当时没法分种，此后也不可复制。至于玉蕊，下面另谈。总之，这是两种风华绝代的花，又真的绝了代了。它们似由天上仙苑化来，都在人间化身无数，最后倏忽化去。

玉蕊的其中一个"化身"，便是西番莲。我最先看到的此说出处，是当代农学家、植物学家伊钦恒为明人王象晋《群芳谱》、清人陈淏子《花镜》两书所作的注释。二书原著的"玉蕊花"条，主要内容都是转录南宋周必大《玉蕊辨证》中的内容，而伊钦恒一概注为"现名西番莲"，并介绍了现代植物学上的西番莲的性状。

伊钦恒此说影响很大,比如,本属难得的专著《植物古汉名图考》,"玉蕊花"条就径引他的说法。又如有本《古人咏百花》,在收入玉蕊花诗并对原物作介绍时,因为"唐代的玉蕊花即西番莲",遂进而得出西番莲"早在唐贞观年间就传入我国"的结论。

[按:《玉蕊辨证》,又名《唐昌玉蕊辨证》,周必大著,中华书局影印津逮秘书本,与王观《扬州芍药谱》,刘蒙、史正志、范成大的三种《菊谱》,范成大《梅谱》、陈思《海棠谱》等多种宋人所著开创性的花书合印一册,1985年新一版。《玉蕊辨证》收集前人关于玉蕊、琼花等的记载、诗文,辨析其间差异和各自实物。

《植物古汉名图考》,高明乾主编,大象出版社2006年6月一版。全书收载植物古汉名4394个(分属800种),附图789幅,注释各种名称,注明出典或书证,介绍其特性等。可作工具书查核,亦可作闲书翻阅。

《古人咏百花》,高兴选注,黄山书社1985年3月一版。共选179人吟咏100种花的361首诗。诗有注释,花有简介和线描插图。]

关于这一观点,似乎可用前引《中国植物志》(第一卷)所载来佐证:我国本有一些原产的西番莲科品种。但问题是,该书也明确:这些原产品种并非后来的"赏花者常见西番莲"，即伊钦恒所称的明清时才传入的西番莲。后者的形态性状，与玉蕊花的记载也不完全吻合，这是我在2007年盛夏初探西番莲就产生的疑问。

可巧，这方面的解答比文物中的"西番莲"还来得快。这个盛夏与"小雪"之间的插曲，乃是当年夏末的一个周末，偶逛小邑书肆，邂逅喜遇英籍科学史名家李约瑟的《中国科学技术史·第六卷第一分册：植物学》——这套多卷本巨著，店中唯一只有这种，却正是我喜欢的、想要的分册。更妙的是，正好里面有对玉蕊花的专门分析。

按照李约瑟的说法，玉蕊原本普遍分布于南亚一带，在唐初经某位旅游者带到中原衍生，偶然形成了一种耐寒突变种（一如琼花），遂成了唐人惊为仙姿的玉蕊花。但这个品种后来已经消亡，"全都不见了"。——这便印证了我的判断：玉蕊自是玉蕊，它是实有的另一种植物，与西番莲无关（该书并有玉蕊附图，一对比即知）。

玉蕊至今还是一个植物科名，在南洋乃至广东等地存有多种，不过就像聚八仙之于琼花，今之玉蕊也非唐之玉蕊那样美丽了。这两个变种在古代"引出不少的著作"，但已被无情的岁月淘汰，消失在历史烟尘中。然而，后来的读者仍可凭借古籍史料与当时的文学作品，遥想它们雅致出尘、高洁不凡的姿容，这便是写作对于花木的含情回报了。从另一个角度说:风华光景过去了,花木却用不同方式,坚韧地留下种种痕迹,我们遂得以像李约瑟那样,让时光过去,让记忆留下,"感谢……并回忆起……"

[按:《中国科学技术史·第六卷第一分册:植物学》,李约瑟著,袁以苇等译,科学出版社、上海古籍出版社2006年8月一版。该册十六开近百万字,通过丰富的史料,深入论述了中国古代植物地理学、植物语言学、植物文献,以及相关的植物和昆虫等,有插图百余幅,封面是典雅的深蓝底黑色古花纹。此书题献给两位中国植物学家,献词颇有情味:关于石声汉,"感谢他……并回忆起嘉定那个雨天的同型菌";关于吴素萱,"感谢她……并回忆起安宁温泉的杨梅"。]

回过头去看,伊钦恒为什么会让攀援生长的西番莲,攀上了传奇的玉蕊花呢?估计主要是因为西番莲有丛簇密集、细长如须的花丝,与玉蕊略有可比之处——玉蕊花"暮春方八出,须(雄蕊)如冰丝……其中别抽一英(花柱),出众须上,散为十余蕊(花苞),犹刻玉然,花名玉蕊,乃出于此"。但是,西番莲最突出的特点,花药能转动(故又名"转心莲"),却全不见于古人关于玉蕊的记载。如果两者是同一种植物,没理由那么多亲见玉蕊并细致描写过的作者,会忽略这一好玩的特征。另一个我判断玉蕊并非西番莲的重要理由是，西番莲乃藤蔓植物，而玉蕊则是灌木或小乔木，所谓"一树珑璁玉刻成"，这是明显的区别。此外，还有花色不对应（西番莲的花，或为蓝紫色，或外瓣白色、内为紫色，并不像唐人所说的玉蕊花那样通体洁白）等其他细节。而其他一些古代植物文献典籍，如《广群芳谱》等，也是将玉蕊与西番莲分别载录的。

今年春日，我因将要"烟花三月下扬州"去看"琼花"，乃先探寻一番琼花与玉蕊的故实，从而旁及西番莲。当时还有一个发现：上引玉蕊花"暮春方八出……"一段，本是南宋周必大在《玉蕊辨证》中的记载，其"辨证"很有说服力，因为这是他当时移植了一棵玉蕊（"予往因亲旧自镇江招隐寺远致一本"），亲自栽培，详细观察开花形态的记录；但也正因该记载太具体、细致、权威了，后来屡被"盗版"：陈淏子在《花镜》中转引了，却不注出处，变成他在清朝居然还可以"自招隐寺得一本"玉蕊；王象晋《群芳谱》的转引倒是严谨说明来历的，可惜，今版《群芳谱诠释》的标点屡见错讹，对原文"宋周必大云"后面所加的引号，只去到"予自招隐寺远致一本"之前，人们读来，引号里的是王象晋转引的周必大原话，后面本也属周必大的"予"却成了王象晋的自称，如此腰斩式标点仿如栽赃，冤枉王象晋偷了周必大的经历和成果；这样的错误连大名鼎鼎的李约瑟也犯了，他在

《中国科学技术史·第六卷第一分册：植物学》中，引了《群芳谱》的记述，也直接将"予自招隐寺远致一本"当成王象晋的自述，认为"一直到明代末，王象晋还得到了一根（玉蕊）插条"，从而把玉蕊消失时间大大往后推。李约瑟同时也谈到《玉蕊辨证》，却像伊钦恒的《群芳谱诠释》一样，没有认真对照王、周二人原著，从而作出误判。——古籍标点，可不慎乎。

然而，我随后发觉，怪罪伊钦恒把西番莲附会为玉蕊花并不公道，他并非始作俑者。

那是今年暮春4月，购得上世纪初中国第一部《植物学大辞典》后，查到玉蕊花，释为："即西番莲也。名见《秘传花镜》。"——《秘传花镜》是《花镜》旧刻本的书名。《植物学大辞典》的出版比伊钦恒校注《花镜》要早好几十年，断不可能是前者参考后者。此外，同是民国的《春晖堂花卉图说》，"西番莲"条所列数种资料中，也赫然有"《花镜》曰：一名玉蕊花"的记载。

我又去查今人酆裕洹的《花镜研究》，其中在考证《花镜》观赏植物名称时，亦将玉蕊径注为西番莲。伊钦恒校注《花镜》时曾参考过这本《花镜研究》，但它同样出版于《植物学大辞典》之后，不存在《植物学大辞典》的编者转引它的说法，反而，《花镜研究》所列参考书目中有《植物学大辞典》。

这就使我怀疑, 莫非《花镜》原文本有"玉蕊花即西番莲"或"西番莲一名玉蕊花"之说? 在伊钦恒校注本《花镜》中找不到此语, 可能是因为他在校注整理时删掉了。为查看原貌, 遂在撰写本文过程中, 上孔夫子旧书网订购了原版《秘传花镜》的复印本。

书在这酷暑 7 月、我因农历闰五月而多出来的一个生日那天收到, 即刻翻查一遍, 还是没找到原文出处。亦即《花镜》应该没说过"玉蕊花即西番莲"或"西番莲一名玉蕊花", 而伊钦恒也不是第一个说的, 这点应该为他平反。此事的最大可能是:《植物学大辞典》首先误注, 酆裕洹的《花镜研究》继之; 伊钦恒受他们误导, 没有用现代知识去判断, 不加分析以讹传讹, 且因其校注本 (包括后来的《群芳谱诠释》) 影响较大, 又具体介绍了真正西番莲的特征, 从而进一步传播和放大"玉蕊花等同于西番莲"的谬说, 乃至坐实成为通行定论。另外,《植物学大辞典》的误注, "玉蕊花即西番莲也。名见《秘传花镜》"。这话其实也可理解为是著者判断"玉蕊花即西番莲", 而玉蕊花之名见于《秘传花镜》, 并不是说这个判断本身来自《秘传花镜》; 但后人不察 (正如我曾经的怀疑), 于是从《春晖堂花卉图说》到现在很多文章, 都把"玉蕊花即西番莲"当成了《花镜》的原文, 从而在继续误指"西番莲一名玉蕊花"时把出处安到了《花镜》的头上。

当然，这些也只是我个人推断而已。但为什么我会不信任伊钦恒校注本的《花镜》文本，要去买翻印的《秘传花镜》原刻本对照呢？这就要谈到对伊钦恒整理《群芳谱》和《花镜》的评价问题。

《群芳谱》被称为"汇集16世纪以前的古代农学的大成"，同时对观赏植物的资料积累也有重要价值；《花镜》则"是我国最早的、最宝贵的一部园艺专著"。这两部植物名著，现代以来均只有伊钦恒的注释本行世，普及流传之功是莫大的。然而，问题亦极大。其校订注释之讹误尚在其次，主要是对原文改头换面式的全面"整理"，很不合学术规范。

比如《群芳谱诠释》，伊钦恒本着"古为今用"、重视农事技术措施、去除封建迷信的原则，对原著做了大量批判性的删节和改动，删除了很多文学性内容和有趣资料（他甚至一度认为谈花草的"卉谱"等"不合实用"，也想删掉，幸得旁人劝阻并代他完成了该部分诠释）。应该承认，伊钦恒所作诠释内容丰富，很可补充原文；他增写了若干与原作物名称有连带关系的条目，又将各谱作物出现错列的改归适当之谱，还撰写了多篇泛论性质的资料文章作为附录，这些都应该肯定。但其删改用力过猛，已超出了一般的古籍整理尺度,殊为可惜,乃至可恨。

《花镜》的情况好一些,但也存在对部分原文打乱重编的处理。另外,同样从实用出发,将原书卷首的数百幅木刻插图改成了现代线描插图。

总之,二书的伊钦恒整理本是作了很大改动的本子,已非原来面目,奉劝同好者若要作为文献使用的话,慎入。

〔按:《群芳谱诠释》(增补订正),王象晋纂辑,伊钦恒诠释,农业出版社1985年11月一版。此书原题《二如亭群芳谱》,28卷内容主要包括"谷谱"、"蔬谱"、"果谱"、"茶竹谱"、"桑麻葛棉谱"、"药谱"、"木谱"、"花谱"、"卉谱"等。作者记录了自己长期辟园种植的经验,又广采前人著作,各种植物后还辑录了历代相关的典故、诗词。全书考证论述详细明了,订正了一批以往混淆的名称,所记三百多种植物中,由王象晋首先著录的品名有三十多种,如夹竹桃等。作者文字颇佳,情怀、见识也好,如《叙》自表其园林生活,于引植的花木"种不必奇异,第取其生意郁勃","暇则抽架上农经花史,手录一二则",都是可人的隽语,以至被许衍灼在《春晖堂花卉图说》的《自序》中抄袭过去。

《花镜》(修订版),陈淏子辑,伊钦恒校注,农业出版社1962年12月一版、1979年12月二版四印。作者由明入清,退归田园,"寄怀十亩",以栽种、教书为业。全书6卷,主要包括"花历新裁"（列举农历每月的气候"占验"和栽种"事宜"）、"课花十八法"、"花木类考"、"藤蔓类考"、"花草类考"等，记载了352种植物，今版封面蓝底青梅一枝，比较别致。周作人很"珍重"此书，除了喜欢其内容扎实外，还称它"文章也并不坏，如'自序'就写得颇有风致"。该作者"自序"有谓，"余生无所好，惟嗜书与花"，"世多笑余花癖，兼号书痴"。——正是我喜欢的那种人。

《秘传花镜》复印本，据复旦大学图书馆藏清刻本复印。一些稀僻古籍，当代极少甚至从未重印过，孔夫子网上有几家旧书店就专做这种生意：利用图书馆的资源或者《续修四库全书》等影印本，复印出售。这些复印本不是真正出版的书籍，没有版本收藏价值，但大大便利了研究者查找资料之用。

《花镜研究》，鄺裕洹著，农业出版社1959年11月一版。内容分"《花镜》述评"、"《花镜》观赏植物名考"两部分。

《植物学大辞典》，杜亚泉等编，商务印书馆1918年2月初版，1933年6月缩印本初版。该书由十多位文化人——比如杜亚泉是著名学者，周越然后来以藏书家知名——费时十余年编成。虽然编者多非植物学家出身，且囿于当时的知识水平，自有种种不准确、不全面之处，但能在进入民国不久、"五四"之前编出这样一部分量十足的植物学辞典，开路有功，反映了当时中国走出传统学术、与现代科学接轨的时代背景（所收不仅有植物名称、形状形态及重要植物的插图，还有现代植物学术语，共一万多条），而至今似亦未有同类辞典可取代，令人由之可想见那个时代的气象。

《春晖堂花卉图说》，许衍灼编，原撰于1922年，中国书店1985年3月影印一版。编者也是嗜花之人，手自栽种之余，广读农书花谱、经史子集，选抄158种花卉的资料和138幅插图，以开花时节为序、分四季排列，"以种植诀法为主，兼为风雅之助"。其选择资料博而有度；选择花卉的标准之一是"经古今名家品题、见于记载者"，正合我在意植物与书文相交的私心；正文手写体排印，亦颇雅致。]

## 今生：同样一波三折的名实之辩

谈过虚构的西番莲图案与附会的"玉蕊西番莲"，现在该回到真正的西番莲本身了。

且说2007年"三探西番莲"之后，进入2008年1月，在晴冬的"小寒"时节去逛旧城花街，买了几种小花，遇上了一盆"鸡蛋果"。

这种植物是初次见到，细长的枝蔓密密匝匝，掌状三裂的绿叶间，结了三个青绿的果子。摊主起劲推荐，说它如何粗生易长，到处攀援，果实成熟后如何好吃，等开花时又如何芳香,特别是反复强调"有花有果"四字,最终打动了我。春节将至,"有花有果"是又寻常俗气又吉祥动听的好词儿;而且,也可让它把书房窗子覆盖成更地道的"绿窗"。

回家后,忙完换盆添泥移花接木诸事,再赏看一下,却总感到有点特别的地方。"鸡蛋果"这朴素亲切的名字,好像哪里见过? 那叶间卷须到处探触的样子,又好像眼熟? 哦,终于想起来,一查书,对了,它就是:西番莲!

具体来说,它是西番莲科、西番莲属中的紫果西番莲,又名"鸡蛋果"等。这种来自热带南美、花果奇异、名字在我国古代神秘出没、我近半年来特别关注、多次在书中遇上的植物,竟然于新年第一次逛花街时无意得之,可谓"终成正果",成就一段花木良缘,真是愉快的开年好事。

而且很快就"有花有果"了:3月中、下旬春分前后,共开了十多朵,每朵花只开一天,却前后持续惊艳。花果然很美很奇特,从里到外是由紫而白,花心有一圈细细的花须,花柱像钟表上的时针分针秒针(加之会转动,故又名"时计花"),非常可爱。到4月初清明过后,则新长出一个青绿的小果子,逐日圆满成长,如鸡蛋大小(后来5月中旬等也结过果)。其枝条则疯狂攀缘,柔美的触须每天都有新的去向。

这中间还有一段书缘。是2月初立春时,故人推荐了一本美国萝赛所著《花朵的秘密生命》,并特别提到该书写了西番莲。即时上网订购,2月14日收到后一翻开,果然"从文字到插图都教人喜欢",更果然"出乎意料的好",有如天设般的佳遇,是一个小小的花朵般的秘密……

其中关于西番莲,作者说,此花的奇特形状让人总"感到需要抓住什么譬喻来应对",欧洲人第一次看到后,"联想起耶稣头上的荆棘皇冠",特意将此花献给了教皇;而她自己则另有独特的比喻:整朵花"像是个迷上直升机的女人设计的",花柱头的三裂片有如螺旋桨。她在另一处又介绍:西番莲还会在不同时间精心设计自己性器官的位置,有些植物"摆弄自己的性器官或是转换性别,为的是要避免自花传粉"。

[按:《花朵的秘密生命》,萝赛著,钟友珊译,广西师范大学出版社2004年1月一版。作者在植物学和写作两方面都有造诣,该书综合了植物学和科学史,在细致观察和参考大量研究著作的基础上融汇打通,以优美的文笔,描述了植物"美的物理",写出了神奇的"花间情事"。可以归纳为几个特点:其一,通过拟人、比喻、讲故事等亲切的手法,介绍了很多有趣的知识。其二,介绍植物的神奇之处,更主要是突出它们能超越人类眼光与法则的自主性——读后可以使我们在大自然面前更加谦卑。其三,作者心眼细致,文笔纤细,但却有宏阔的眼光。其四,作者还在简雅清新、娓娓动

人的笔调中,展现了她的心性情怀。]

　　在这2008年的4月,我把刚开花结果的西番莲等一批自家阳台花木照片制成自用的"忆水舍笺",随后便在小邑一间精致小书店买到一本《香花图鉴》,里面鸡蛋果的花、果特写彩照,是我所见各种植物书中最清楚鲜明的,虽然图小了点。

　　至于正宗西番莲,则数一本《花卉》图谱所收,由尼古拉斯·罗伯特等人所作的两幅精妙彩绘写生画最为漂亮(分别来自17世纪法国皇家花园与19世纪奥地利皇家花园的珍稀植物图册)。

　　——鸡蛋果之外还有正宗西番莲?是的,因为我所说的现代植物学上的真正西番莲,其实还可分为多种。《广东植物志》(第二卷)所记最详,该书细述了广东原产及引入栽培的西番莲科西番莲属植物9种,为:日本瓜、广东西番莲、蛇王藤、樟叶西番莲、乐东西番莲、西番莲、龙珠果、鸡蛋果、蓝翅西番莲。

　　正宗西番莲的花为蓝紫色,果为橙黄色,我家的鸡蛋果的花外围白、中心紫,果初时绿色、成熟时紫色(故又名紫果西番莲),其他特征则大致相同。

　　正宗西番莲,就是《中国植物志》(第一卷)说的"赏花者常见西番莲",原产美洲巴西等地,中国"明清时已常见栽培";"用果者常见"的鸡蛋果，原产南美洲与北美洲之间大、小安的列斯群岛，"解放前后引入滇至闽、台南亚热带线以南"。

《花卉》一书，为每幅西人绘画配有比较到位的中文简介，我在本文第一部分引用的"神秘果"传说，即来自第一幅西番莲的说明；但这两幅说明，都把图中蓝紫色的正宗西番莲说成"别名鸡蛋果"、"果实俗称鸡蛋果"，又称"我国自本世纪开始引进试种"，这是混淆同属两种植物及其引种时间了——当然，这也从侧面反映，如果不那么严格专业的话，我们完全可以把鸡蛋果也称为西番莲，就像我对自己身边这株植物一样。

[按：《香花图鉴》，钟荣辉等主编，汕头大学出版社2008年1月一版。该"生活实用植物图鉴系列"是对中国友谊出版公司从英国引进的"自然珍藏图鉴丛书"的成功仿效，用铜版纸精印植物各个部分的彩色照片，以简要的文字作介绍。两套丛书在细微处也各有优劣特点，但最大区别在于："自然珍藏图鉴丛书"的文字介绍，除了科属、名称、命名者等基本项，主要内容是植物的形态特征、分布情况、生长环境等等，比较"纯正"；而"生活实用植物图鉴系列"于此之外，突出了对习性和应用的重点介绍，"生活实用"的主题十分鲜明（这似乎也是中西科学文化之区别）。对这一点，

以我的怪癖来说，更亲近"纯正"、"本分"的"自然珍藏图鉴丛书"。另外，"生活实用植物图鉴系列"的分册分类也很成问题，像《有益花木图鉴》和《有害花木图鉴》，把植物赤裸裸地分为"有益"、"有害"来站队，人本主义的功利色彩太浓；又如《香花图鉴》、《野花图鉴》、《养花图鉴》、《切花图鉴》等，互相之间的内容界限划分不够科学严谨，收录的品种彼此交错掺杂，乃至文不对题。好处则是，"生活实用植物图鉴系列"比起"自然珍藏图鉴丛书"所收的物种更中国化，甚至因为编者和出版社的背景而明显南方化。一般每册收入365种，本册收入的是常见芳香植物（香料植物），鸡蛋果因为花芳香，果又名"百香果"而入选。

《花卉》，汇集西方多位植物学家、医药学家、园艺学家、探险家、画家所绘图谱179幅，周宏责编，王媛等撰文，陕西师范大学出版社2003年6月一版。这套植物图谱丛书所收的西洋绘画，都十分精美，画笔细致，色彩动人，赏心悦目，尤以本册为甚。

《广东植物志》（第二卷），中国科学院华南植物研究所编，陈封怀主编，广东科技出版社1991年11月一版。收载植物805种，配337幅线描图（西番莲与鸡蛋果均无图）。此书之购，是在2007年4月，因大学同窗聚会，得比肩校园，漫步芳径，指点花木，闲谈绍介，恍惚情景如昔的良会……随后于故园门外的旧书店购得此册,可志那些当年难忘的花树,以及此日得识的花草,一场微怅中欢欣感激的重逢小聚……又:《广东植物志》从1987年的第一卷到2007年第八卷,前后历时已整整二十年,尚未出完。可喜的是学者们一直坚持做着这项工作,内容也仍然丰盈,让我这样的南方人闲来看看,心为之安。]

身边这株鸡蛋果西番莲,一直在书房窗台外藤蔓游走(最长攀缘至数米外),浓密的绿叶间,透来夏秋的清风、早晨的清阳、夜月的清影,是惬意的享受。到了今年,1月底2月初的春节前后,它又一次开花了,花丝烂漫,正是新年好景;而3月初惊蛰和百花生日的花朝节之时,则结出两个青绿圆润的果子,在藤蔓间、雨水中可爱地随风轻摇,如悬于窗前的饱满小灯笼——真爱煞这样应景知心的花果。

手头所有涉及西番莲的植物书——不限于上述几种,还有《中国花经》、《广州植物志》等,在写此文时再度翻查一遍,发觉均载西番莲、鸡蛋果的花果期在夏秋,这却与我亲见的鸡蛋果两度花果期不相吻合。只能说:大自然的奥妙永远是科学所不能穷尽的,走出书本,往往有意外的惊喜。

[按:《中国花经》,陈俊愉等主编,上海文化出版社1990年8月一版、1999年5月十三印。收载花木2 354种,插

图千余幅，附录《中国花卉发展大事记》、《历代花卉名著》等。此书包罗较广，贴近实际，从印刷次数看广受欢迎，事实上也确实很好用，是我经常查阅的工具书。

《广州植物志》，中国科学院华南植物研究所编辑，侯宽昭等编著，科学出版社1956年6月一版、1959年9月三印。收载植物1 651种，插图415幅。书衣装帧简单净雅。］

但是，剩下最后一个重要问题，还是得回到书本典籍故纸堆中去寻找答案，那就是：如果名物中的西番莲图案是虚构，"玉蕊西番莲"是附会，那么真正的西番莲从何时才有确切的记载？虽然前引《中国植物志》（第一卷）已大致说明了西番莲与鸡蛋果的引种年代，但我还是很有兴趣要在古书中找到出处。今年6、7月间的炎夏，遂又一次集中爬梳相关文献，大致按时间顺序罗列如下：

宋代陈景沂编撰、我国第一次全面整理汇集植物资料的《全芳备祖》，书成约于南宋1225—1256年间。里面没有西番莲，但收入了梅尧臣一首《宝相花》诗。宝相花是作为纹饰的西番莲之别称，不过从该诗中读不出与真正的西番莲有什么联系。

［按：《全芳备祖》（上、下册），农业出版社1982年2月一版。此书是中国古代以植物为对象的类书之滥觞，是我国现存最早、包含花木最多的专著。分前后两集，共58卷，

收录了270多种植物,对每种植物辑录古书著述的产地、品种等"事实",和前人的诗词、典故等"赋咏",文学色彩浓郁。所辑资料不少来自罕见或不传的典籍珍品,因而还有版本文献价值。此版影印的是珍贵的宋代刻本,残缺部分以后人的过录本补全;宋版字体朴雅大方,后人的书法则流丽纤秀,仿古籍的封面装帧亦十分古雅优美,让人赏爱。

另有《全芳备祖集》,上海古籍出版社1992年5月一版。此版是以文渊阁《四库全书》为底本影印的。]

到明代王圻父子编的类书《三才图会》,成书于嘉靖、万历间,即约于1565—1571年,里面记"波斯菊",云"一名西番菊"。

[按:我没有《三才图会》一书,这条资料是从两巨卷《草木典》中查到的。《草木典》是清代皇家背景的大型类书《古今图书集成》之《博物汇编》的一部分,原为陈梦雷等于康熙年间的1662—1722年辑录,雍正间蒋廷锡等重辑,1726年刊行,共达万卷,其中仅《草木典》即有320卷。这是我国古代第三次全面搜集汇总草木文化资料,今版为上海文艺出版社1999年11月影印一版。]

将"波斯菊"指为"西番菊",《三才图会》似乎是孤证。我国最早的菊谱之一、12世纪宋代范成大《菊谱》中,就已收录"波斯菊";下面谈到的《遵生八笺》、《群芳谱》、《花镜》，也都记载了"波斯菊"，却从没有谁说它"一名西番菊"。但因为"西番菊"这名称下来还将与"西番莲"扯上点关系，所以这里先转录此说。

明人慎懋官所撰《华夷花木鸟兽珍玩考》，出版于万历年间的1581年，里面有我所见"西番莲"作为真实植物的最早记载。——该书也是书缘恰巧。上一节谈到我为查找《花镜》究竟有没有记载过"玉蕊花即西番莲"，到孔夫子旧书网买了原版《秘传花镜》的复印本，当时在同一店中顺便搜购另几种稀僻花书的复印本，见有此册，书名特别标出"华夷"，估计当中应该多记岭南等蛮夷之地乃至外国引入的品种，说不定有西番莲，于是也要了。酷暑7月的农历额外生日当天，书到手后翻检一过，果然心有灵犀般找到了："西番莲，出夷地，有黄赤两种……又一种不知其名……"不过，从其"干围六七寸，叶长尺余……叶如芭蕉……每花三四十瓣"等特征记载看，并不像真正的西番莲。这或者是另一类植物，当时也得名西番莲；或者确为西番莲，而因作者是辗转闻说，记录的特征走了样。总之，这在"西番莲"名实史上是一条重要文献资料。

　　〔按：《华夷花木鸟兽珍玩考》，12卷，有7卷专记各方花木。《四库全书总目提要》批评该书"真伪杂糅，饾饤无绪"等，我在翻阅中也觉得内容有些粗陋。但它不仅在我眼目所及范围内第一次出现了植物"西番莲",此外其"素馨"条的说法也很重要,有助于辨析这种岭南传统名花——素馨之名实,也是一个很有意思的谜案,我今后当另撰专文。]

明人高濂的养生杂著《遵生八笺》,成书于万历年间的1591年,其中的《菊花谱》,录"西番莲"之名。不过,这明摆着指的是一种菊花。

类似的还有明人蒋以化辑、姚宗仪增辑,万历年间的1604年成书的《花编》——这也是本文整理过程中、额外新增的农历生日所得之稀僻花书复印本——里面的菊花品名亦有"西番莲"。

[按:《遵生八笺》从养生出发,包括了医药卫生、气功保健、古董鉴赏、文学艺术、花卉园林等方面,其中《燕闲清赏笺》、《起居安乐笺》有不少花木栽培方面的内容。今版有巴蜀书社简体字横排的删节整理版本,于1985年10月至1986年3月间,按其各笺分为七册小书出版。

《花编》复印本,据明万历刻本复印,6卷。主要是分四季记载诸花的栽培、诗文、典故等。]

前面已介绍过的王象晋《群芳谱》,成书于明天启年间的1621年,除了玉蕊被误释为西番莲外,其实原文本来是有记载"西番莲"的。那是在谈荷花之后、附录名为莲而实非者若干种中,有"西番莲:花淡雅似菊之月下西施……"这种名莲非莲、似菊非菊的花,从简短的描述中,可知为藤本植物,但也不能确定就是今天我们说的西番莲。其可能性大概等同于《华夷花木鸟兽珍玩考》里的"西番莲"。

另外,该书的葵花部分收录有"西番葵",这与西番莲或菊花都没有关系,后来《花镜》释为向日葵,是正确的。不过,《植物古汉名图考》却又将"西番菊"指为西番葵即向日葵,这就进一步混淆视听了。

清代汪灏等编的《广群芳谱》,是第二次对植物文献的大规模汇集,成书于康熙年间的1708年。该书同样借助皇家丰富的藏书,在《群芳谱》基础上略删而多增,大大充实了内容,凡100卷,也是荟萃历代植物资料的巨著。不过,其"西番莲"之条则全据《群芳谱》原文,没有增补(也附录于荷花卷)。

〔按:《广群芳谱》(四册),上海书店出版社1985年6月影印一版。该版封面灰蓝色底,一幅蓝色团扇图案,内为各册不同的勾白线描花草图谱,图与草书书名都很好看。〕

在《群芳谱》与《广群芳谱》之间问世的陈淏子《花镜》,出版于康熙年间的1688年。书中没有西番莲,如前所述,其菊花品种中所录"波斯菊"也同样没有说它"一名西番菊";反而在"有菊之名而实非菊者"一批中,单独出现了"西番菊"。该条是在《群芳谱》的"西番莲"条目基础上增补而成,似乎将"西番菊"与"西番莲"划上了等号。

《水仙花志》,漳州市文学艺术工作者联合会编

福建人民出版社,1980年版

封面设计:张千一

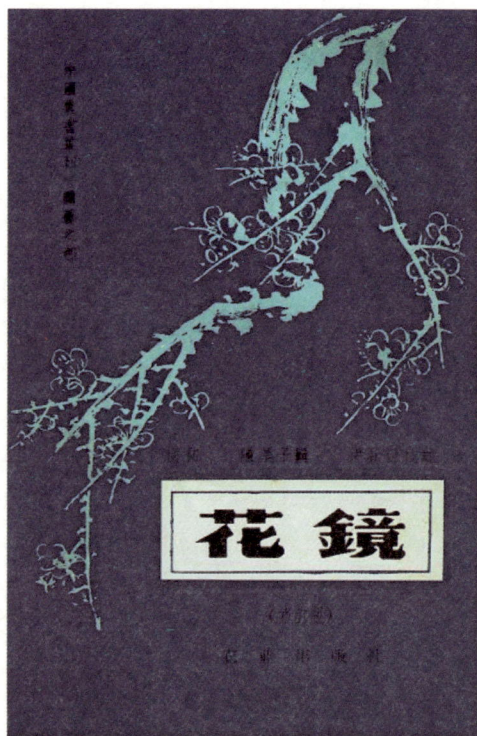

《花镜》

封面设计：刘玉忠

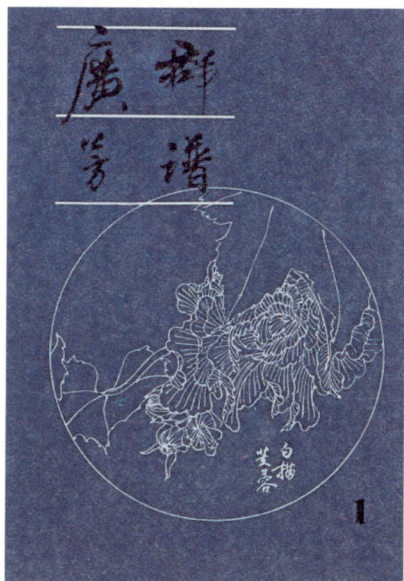

《广群芳谱》(四册不同封面选二)
(未署设计者资料)

# 植物名寶圖攷

（清）吴其濬著

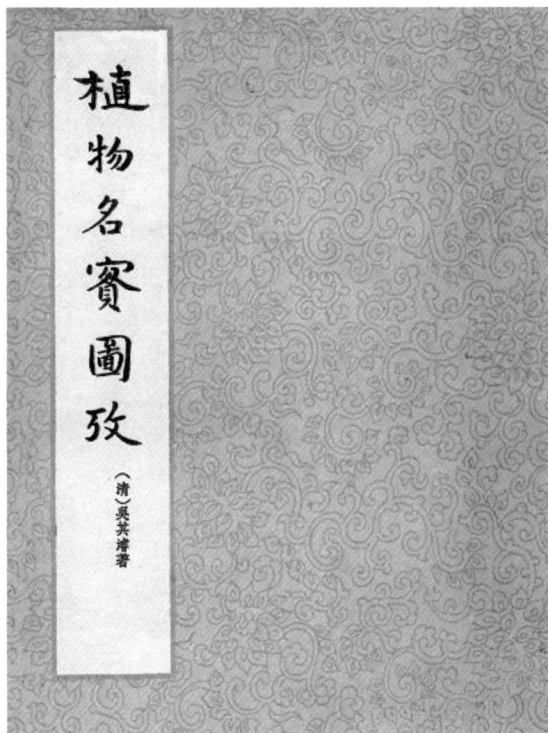

《植物名实图考》,（清）吴其濬著
中华书局,1963年版
（未署设计者资料）

《南方草木状》，(晋) 嵇含撰
(未署设计者资料)

# 花木蟲魚叢談

葉靈鳳著

南粤出版社

《花木虫鱼丛谈》,叶灵凤著
(香港)南粤出版社,1989年6月一版
(未署设计者资料)

《菊谱》，缪莆孙著
（香港）中华书局，1975 年版
（未署设计者资料）

《花卉黑白画》，中央工艺美术学院染织美术系著
天津人民美术出版社，1978年版
（未署设计者资料）

伊钦恒在《群芳谱诠释》中没有注释那条"西番莲"，在校注《花镜》中则将这"西番菊"解为西番莲科西番莲属的一种龙珠果。这也是很成疑问的。《秘传花镜》复印本保存了原版卷端的诸花图，里面有《花镜》校注本未予保留的西番菊之图，描绘较简陋，看不出是什么植物。但我在今年3月初惊蛰之日，得《广州野生植物》一书，内有龙珠果的彩色照片，经对照，并非如《花镜》原文描写的那样"叶如菊，细而尖"。

而在今年6月时，购《养花图鉴》一册以自庆新历生日，从中读到，菊科的大丽花有别名为"西番莲"，菊科的孔雀草有别名为"西番菊"。在我看来，前面所列高濂、蒋以化他们说的菊类"西番莲"，乃至王象晋说的非菊类"西番莲"、陈淏子说的"西番菊"，有可能就是大丽花、孔雀草这两种菊科植物。

〔按：《广州野生植物》，邢福武等主编，贵州科技出版社2007年12月一版。收载植物1 810种，彩色照片1 762幅。说明较简略，照片也较小，然皆为多年实地考察得来，亦属难得，是新近出版较全面的"新南方草木状"。

《养花图鉴》，徐晔春等主编，汕头大学出版社2008年1月一版。封面突出了一丛夺目的蓝色瓜叶菊的此书，收365种常见的观赏花卉和可供实用的栽培花卉，以热带亚热带居多，包括好些我曾关注而引种尚不普遍的，身边亲切而其他花书较少记述的品种，从中颇得知名识性或按图索骥之喜。]

好了，继续顺时序往下，来到了清人李调元的《南越笔记》。这是作者两度入粤任职、考察广东民情及搜集文献后编纂之作，出版于嘉庆年间的1809年，里面终于出现了真正的西番莲：

"西洋莲，其种来自西洋，蔓细如丝，朱色，缭绕篱间。花初开如黄白莲，十余出，久之十余出者皆落，其蕊复变为菊。瓣为莲而蕊为菊，以莲始而以菊终，故又名西洋菊。"

——慢着，这里说的是"西洋莲"而不是"西番莲"呀，而且特征也不全部对应；另外，《南越笔记》内容多引屈大均的《广东新语》，此条即是在早于康熙年间的1700年刊行的《广东新语》"西洋莲"条基础上整理而成，那么，为什么说这就是真正西番莲的最早记载出处？

答案来自吴其濬的《植物名实图考》。该书出版于道光年间的1848年（跟《广东新语》、《南越笔记》一样，都是在作者身后刊行），里面的"西番莲"条，全引《南越笔记》该条内容，却将"西洋莲"改为"西番莲"；吴其濬另增补了两个重要的细节，一是第一次明确注出"即为转心莲"，这是对西番莲最大特征的首度展示；二是第一次配上了绘图。

而从这两点可以证实：那就是我们今天说的、现代植物学上的真正西番莲。

〔按：《南越笔记》，15卷，有3卷专门记植物。今整理本收入《清代广东笔记五种》，林子雄点校，广东人民出版社2006年10月一版。

《广东新语》（上、下册），中华书局1985年4月一版、1997年12月二印。另有李育民等《广东新语注》，广东人民出版社1991年5月一版。屈大均为著名的入清遗民，该书记载广东故实甚详，学问与文采兼长，常被引用。28卷中，有3卷专记植物。

《植物名实图考》（上、下册），中华书局1963年2月新一版（据商务印书馆1956年整理排印本重印）。该书采用前人著述极富，更印证实物、出以己见，是一反传统学者仅从文字训诂考据去推定植物的做法、文献与实践结合、具备现代科学性质的划时代巨著，集中反映植物的生物学特征，并特别注重对同名异物或同物异名的考订。"涉及区域之广、植物之多（1714种）、描述之详、绘图之精皆超越古人，成为一个高峰。"——特别一提的是，这个中华书局版书衣采用的浅青色古图案花纹，就是虚构创造的"西番莲"。

另有新整理本《植物名实图考校释》，张瑞贤等校注，中医古籍出版社2008年1月一版。该版简体横排，现代标点，校订字词,新编索引,书前书后有前人序文和今人研究专论,更首次作了注释,不过所注仅限于难懂的字、词、典故和部分书名、作者,对植物名实的内容未曾涉及。]

吴其濬不但饱览古书群籍中的草木资料,更"宦迹半天下",对各地植物"耳治目验",在实地观察和访问后严谨辨析。他到过的地方包括广东,这是屈大均长期生活的家乡,也是李调元为官之地,因此,他判定二人记载的"西洋莲"就是西番莲,是可以让人采信的。但他也许不知道《南越笔记》源于《广东新语》,所以只采用了前者的资料。因为《植物名实图考》的权威性和影响力,以致后来的植物专著如《植物学大辞典》、《春晖堂花卉图说》、《广东植物志》(第二卷)等,记载西番莲名称出处时都注明《南越笔记》而不提《广东新语》了。

还可插说一句的是,《植物名实图考》的配图之精审,向为人称赞。就以西番莲而言,我前面"评选"了正宗西番莲最美的彩绘图谱和鸡蛋果最清晰的照片,而若论线描图,《中国花经》、《广州植物志》、《植物古汉名图考》乃至《古人咏百花》等书所收,都不如在《植物名实图考》中第一次出现的简洁而好看。《春晖堂花卉图说》即直接袭用其图。

总之,"西番莲"之名虽然早在上述的明代《华夷花木鸟兽珍玩考》、《群芳谱》等书已经出现(最早是慎懋官著书的16世纪后期），此外如明（崇祯）《东莞县志》也收载"西番莲"，但因为存在歧义，有可能是菊科植物，所以，真正的西番莲之出现（引种于我国南方）并引起注意、得到确切记载，应该参考这几个时段：屈大均著书的17世纪晚期，李调元入粤的18世纪后期，吴其濬著书的19世纪中期。

——西番莲这一奇花，从古代的纹饰虚构中，从前引种种同名（近名）的纷杂歧义中，从众多文献堆叠群书中，至此终于脱颖而出。经过近两年多次查找梳理，虽然尚存一些细节有待厘清，却已大致可得出真相，验明正身了。这犹如拨开那些缠绕的藤蔓得见花果，那份喜悦，是对自己费心搜寻的最好报酬，也是对身边逝去的那棵鸡蛋果西番莲的最好报答了。

在初探西番莲的2007年8月，我在笔记中曾写道："看图书上的西番莲，想象花心轻转，是美妙的情态……岁月流转，最是花木有情。"如今，真实的西番莲也相伴过了，种种疑问与脉络也探寻过了，送走了花果，留下了回味，依然，是"相随流转岁月的婉转花心"。

**2009年6月底至7月中旬**

附记：

近年又在花街喜遇西番莲，于是再次移栽于书房窗台。本篇之后的一些花木文章的写作，以及本书编、校的自己那部分工作，都是坐对这片藤蔓完成的。翩然又至的重现绿荫，仿佛是西番莲在酬答我这篇长文。草木有情，前缘再续，与文字交替相伴，当年纸上的花结出了成书的果，西番莲见证着一个美好的循环和收梢……

2014年3月初，校对后补记。

春雾中，几只小鸟不时飞临西番莲的藤蔓间，

雀跃啾喁，如传春讯。

# 哑行者：杜鹃花与石南

我们称许杰出的人物时，往往会说些套话：学贯中西啦，文武双全啦，多才多艺啦……这类表述已成为谀词，不是严格按本义来使用了，因为身边真正能符合以上内涵者太少，只好降格以求，随口把大帽子批发出去。

但当我们回眸民国时代，却发现那时候当得起这类评价的全才式人物，真是多不胜数。不说众多已为人熟知者，就算在一些冷僻的专业领域，或者寂寂无名地埋没在历史尘埃中的，随便拈来抖落抖落，都有耀目的光彩。——民国是乱世，却有如魏晋南北朝，都是堪追欧洲文艺复兴的群星灿烂的风流时代。

比如这又一位被"挖掘出土"的蒋彝（1903—1977）：出身于书香世家，从小随父亲习书画；青年时曾在大学里读和教化学，也曾投笔从戎参加北伐革命军，后来当过三个县的县长；中年只身西行，旅居英美四十余载，以英文写作，讲述西方的故事，却又将中国传统文学、历史、习俗等有机地融入作品，从而饮誉异邦，结交西洋名士，任教于多所世界一流学府，并被选为英国皇家艺术学会会员、美国艺术科学院院士。——这样的人生，庶几才称得上学贯中西、文武双全、多才多艺吧。

最近，又有华裔夺得诺贝尔奖、却又不是"大陆制造"的现实，掀起了对中国大陆解放后教育问题的反思热潮。这种讨论有所褊狭，关键不在于教育，更在于成长和做事的环境，蒋彝也许可算是另一个借镜。

蒋彝给自己取号"哑行者"，不幸在本邦一语成谶。"可口可乐"大行其道，却没有多少人知道他是这一妙名的中译者。当然这对蒋彝来说只算小试牛刀，他的最大成就，也是在海外最为畅销的，乃其一系列融诗、书、画、文为一体的独特游记。现在，上海人民出版社出版了其中四本：《湖区画记》、《伦敦画记》、《牛津画记》、《爱丁堡画记》，让我们得以重新认识蒋彝。同时，蒋彝是"以文化旅者的身份，在中西文明中自由穿行和出入"，"以传统的中国画技法描摹异域风物，以一双温柔的中国之眼敏察东西文化的异中之同"，然则这批隽永的"画记"，对英伦三岛几个核心区域所作的优美展示，乃可视为对英伦文明几组密码的解读，且这种解读是中国化的，更易令我们亲切认同。它们终于"回归"的意义，有论者指为："他的旅行文字和深具洞悉力的评论扩大了我们的视野，使我们对自己、对外在世界产生全新认识。"——这似乎不能说是夸大其词。

《爱丁堡画记》中有一篇《不实之争》，可算是蒋彝游记的代表作之一，较好地反映了其写作风格：随兴所至的漫步，所遇的风景、人物、动物、植物的细致描写，意识流般联翩的回忆与思索。这些思索并非一般的触景生情，而能达到历史的高度，世界的眼光，以及自我观照的深度；虽然一些引申的哲理说不上有多深刻，但难得的是那份情怀胸襟。最后，文中那些中国古典文史知识的穿插，那些自己创作的书画的点缀，固然有向西人讨巧之处，却也十分自然，并非简单的贩卖中国元素。这样的文章，难怪会深受西方读者喜爱，风行一时。

而我们中国读者，还进而能借他的文字与画笔，领略西洋的风景、风物与风情，亦是一份很好的享受。比如该文有一处，写他观赏天空里白中带紫的云海，那奇妙的色彩让他猜想："这正是苏格兰石楠花开的季节……那淡紫色彩也许正是石楠花吐出的蒸气，并沾染了雾霭。"——这种能蒸发氤氲、把云雾染紫的神奇的"苏格兰石楠花"，就很引发我的兴趣。

蒋彝另还多次写到这种植物，如同在《爱丁堡画记》中的《旧日情怀》，记他在一个5月初逛皇家植物园所见，首先就是"一大丛一大丛的各种石楠花正含苞待放。一年前我就见过这片华美的紫色地毯",他说,"苏格兰人一向以石楠花为傲";"石楠花蜜制成的蜂蜜最好"。他描述这种植物的特征:"沿茎长着一圈圈叶子,一直到顶上,托着一簇铃铛似的小花。"另外在《戒慎恐惧》中则写道:"王子街上有两处地方深具苏格兰风味。"其中之一就是一个老人的叫卖:"幸运的白色石楠花! 幸运的帚石楠!"蒋彝还为之画了插图。

于是我去翻英国皇家植物园首席科研官员克里斯托弗·格雷—威尔森原著的《欧洲花卉——不列颠及西北欧500多种野花的彩色图鉴》,里面收录有包括帚石南在内的八种石南,得以从权威的图文中欣赏这种远看如华美地毯、近观乃可爱铃铛的美丽植物。正如蒋彝描写的,它们是矮小的蔓生灌木,有着密集簇生的花串;以紫红色为主,也有罕见的白色花;花期为5—10月。

但这是"石南",而本书则译作"石楠"。查《中国花经》,确有石楠,也属艳丽的花树,却并非不列颠的野花,而是产于我国秦岭以南;不是一大丛一大丛的贴地小灌木,而是乔木;不是5月初含苞待放然后一直开到10月,而是花期4—5月。更重要的两点:石楠不是铃铛般的总状花序或圆锥花序,而是伞房花序(《中国花经》收有石楠花的绘图,与蒋彝所写所画一对比便知差异,而蒋彝所写所画是与《欧洲花卉》的石南彩色照片对得上的）；石楠的花也不是紫红多白色少，而恰恰相反，是白色的（那个苏格兰老人之所以要特别叫卖白色的石南花，正是因这种颜色稀少，才被人视为幸运之花；若像石楠那样全属白花，就不会显得珍贵了）。这一切，都可印证蒋彝说的那种苏格兰名花并非"石楠"，乃是"石南"。这本《爱丁堡画记》的译文基本上流畅洵雅，但这个植物名字显然是搞错了。

蒋彝那篇植物园游记《旧日情怀》还写到盛开的大片杜鹃，像石南花一样，竟也会产生"一层薄薄的彩色雾气"，并说"中国人称此雾气为'花雾'"。这些杜鹃花让他回忆起去国前一次愉快的家乡之游：与一位年轻女士一起攀庐山，"随意慢慢地走"，默默地看沿途优美景色。有一处山坡开满了各色绚丽的野杜鹃，他们便坐在松树下的岩石上，静静地欣赏。"忽然下了阵雨……我们坐在那儿，看着花儿沐浴在雨中，并吐出彩色薄雾……雨停后，我们仍然坐在那儿，完全忘了时间。我的朋友作了首短诗，我也一样。我们各自将诗念给对方听……"

这幅图景如此美好，以致蒋彝都没有画出来，让我们只凭文字去感受会更好一些。它令我想起汪曾祺晚年忆述他年轻时在西南联大，曾与朱德熙闲步昆明郊野，遇上下雨，在小酒馆里对坐看花，待了半天的情景；想起阿赫玛托娃晚年忆述她年轻时在巴黎,曾与莫迪利阿尼坐在雨中的卢森堡公园长凳上,撑着伞,互相背诵诗篇的情景。——有幸能拥有这种珍贵的画面,虽然只是短暂的片断,却足以支撑我们的记忆,温暖一生。多年之后,蒋彝重温"旧日情怀",说道:"当我望着爱丁堡的杜鹃时,那快乐的一天又回到了我心中。"

因为这段前缘,当然更因为"许多美丽的杜鹃品种来自我的祖国",蒋彝说:"想到这花,我就想到中国;犹如想到石楠(石南)花,我就想到苏格兰。"——也许我们正可以用这两种花来比喻这位"哑行者":他营造了一片园地,从中国移栽到西方的杜鹃,有着中国的根,也保存了中华文化的花容叶貌,但又被欧风美雨所滋养;同时,这里还开出大片繁盛华美的石南花。它们交相辉映,共同蒸发出的花雾,融汇成幻美的云霞,反哺着中西两片土地。

顺便说说,蒋彝提到石南花应该也原产中国,似乎不确。倒是另一事实,可以让我的同园二花之喻更显贴切:石南,正是属于杜鹃花科的。

**2009 年 11 月 1 日**

# 岁月无声，紫荆有情

四季将尽的2007年岁末，在花猫书局的书堆中翻到一套海外画家周士心编绘的《四季花卉画谱》(台湾艺术图书公司1995年6月再版)，每季选择重要花木各5种、彩图各32幅，每种花木有"综合说明"，介绍其别名、特征、古诗文典故等，简明地"分析物性、物态、兼及物情，并解释画理、画法"；然后分全图和各种局部图，教授绘画技法，其画笔尚属清艳秀雅，文图俱有情味。

我并不打算学习绘画，只是喜欢的这种分季节的花木汇录。而携回后翻看，更有意外收获：书中所选花卉，很多是我特别有感情的、亲切的，最可喜最难得的是，居然专门收录了羊蹄甲(即南方的紫荆)。

这种美丽的观赏树木，因叶片在顶端分裂为二、有如羊蹄而得名；其花状如托杯，五片花瓣与中间数枚花丝舒展婀娜，花朵密集，花色艳丽，花期甚长；枝叶婆娑，树冠散逸，是岭南一带常见的行道树、风景树，如周士心在说明中描写的:"枝柯细长,花簇生于枝端,花时在阳光下特觉鲜艳,光彩夺目,一片灿烂,山野田垅,人家庭院,到处可见。"——是我熟悉、心爱的一种花树。

但因为它来自热带、亚热带,"古代画家很少画羊蹄甲,北方画家由于少见此花,亦很少在他们画笔之下发现"。现在周士心把它选为一年四季中最重要的20种花卉之一,殷殷绘画、讲解,如说:"花瓣要画成上端宽肥,基部窄长,聚于中心,才能显出婀娜回旋之姿态。"等等。这样在传统文艺中赋予突出地位的细致展示,突破古画的狭隘地域观念题材,是一片独到的心意,在紫荆盛花之时得之,真让我这岭南人欢欣。

一年之后,2008秋天,又是紫荆盛开的清丽时节,好天气、好花树,同样有好书助兴,在孔夫子旧书网上买到一本李元志绘的《百花资料集》。这本白描画集,共绘画了250多种花卉,附有名称、科目、习性、花叶特征等简单资料。其好处,除了"前言"所谓"构图完整生动真实"、"比较细致工整"外,且还收录范围颇广,既有常见名花,也有一般不入传统法眼的引进品种和南方花卉,比如,它在收入北方另一种正牌紫荆的同时,也出现了岭南紫荆羊蹄甲的花、叶特写,颇是应景。

到了2009年,紫荆的倩影又出现在夏日的两本画册中:

亦由孔网购得的中央工艺美术学院染织美术系编《花卉黑白画》(天津人民美术出版社1978年9月一版),不像《百花资料集》的江南背景(作者李元志是浙江美术学院的教师),它是来自北方的美术参考书,却在近百种花卉中包含了很多少见于"主流"的岭南草木,其中就有李永年画的羊蹄甲——对照前引周士心所言,十分难得。

书中的黑白画,融精细写生与装饰图案为一体,画法别致可赏;那幅羊蹄甲就技法独特,展示了婀娜的一枝花束——紫荆花树以繁茂密集、花朵满天而眩人眼目;但近观的话,其花枝或垂曳或斜扬,单独拈出来看也是极美的,李永年别具慧眼地绘写了这样的图景。

一位与中学时代的紫荆相系的好友,赠我的施荣宣著《岭南派写意花卉技法》(安徽美术出版社2009年3月一版),则与周士心《四季花卉画谱》相似,也是海外画家示范技法之作,收录近160种花卉,通过图解直观示意教授之余,其说明文字也与周士心画谱一样具可读性,融科学知识与文史资料,既有他书少见的、古人少有吟咏的南方花卉之今人诗词,又有个人栽种观察的记载,不乏情趣。

作为久居热带的岭南画派传人,本书自也收录了洋紫荆。其绘法指导"以薄粉蘸紫色写花瓣,由近而远,用色须明丽活泼"云云,显示了岭南画派墨彩流溢、鲜活典雅的特色,和画家细致观察、钻研的心得。文字说明云:香港市花紫荆花,"以图案看来,实则是洋紫荆也。"这是对的。又说洋紫荆"四季皆花,春夏之花尤盛",这与广东一带洋紫荆花期在秋、冬、春三季不一致,大概是南洋气候使然(故周士心《四季花卉画谱》亦之列为"夏花")。

不过以上几种画谱到底是稀罕的例子。南方紫荆(羊蹄甲)不仅少见于传统美术作品,在文字典籍中亦然。这种情况在当代有所改善,但人们对其品种、别名、花期等的记载仍时相出入、含糊简略,这等混淆讹误包括我自己(如旧作《紫荆寂寞红》),也包括即使是关注紫荆(羊蹄甲)的南方画家(如周士心误指红花羊蹄甲就是香港洋紫荆,施荣宣则在谈洋紫荆时引的是《广群芳谱》对北方紫荆的记载),还包括一些植物专著。我在那年冬日购得《四季花卉画谱》后,曾以两个清晨,在绿窗下查检《广东植物志》等科学权威著作,以图厘清眉目,但后来发现其所载也有不当之处。

关于紫荆的正名、分类,南北两种紫荆之间、南方紫荆内部多种植物之间的区别等,另行撰文述之,这里只延续自己的旧作,从画上的紫荆,说到身边如画的紫荆(以洋紫荆为主,也有一些其他羊蹄甲属植物,在此沿旧习统称紫荆)。

所居小城曾有绵延的一河两岸紫荆花树,前几年因河涌污染而封闭之,同时将两排紫荆砍掉,使我在哀怨郁愤的心态下写下过一篇《紫荆寂寞红》。后来，居然，剩下的一长段紫荆，他们不再砍了，保存下来。也许规划本就如此，但我还是自作多情地想：或者是我的心绪文字，感动了上天所致。起码，愿意将这作为一个启示：生活充满意外，佳物并不长久；然而，也偶有好的意外，让我们可以在这个混账的世界里，欣赏一些忽而降临的小小欣喜。

留存的那条"紫荆长廊"（我私下的命名），至今有近二十年了，不管后来城市建设如何大手笔地堆砌绿化，它仍是小邑最美、最亲近民众的花树路：两边是居民区，马路中间，由两排紫荆夹着原为小河的行人休闲带。其他地方虽也有以紫荆为行道树的，道路还要更长，满街红艳，更为壮观，但车水马龙，不如"紫荆长廊"的恬静、闲逸、家常、亲切；这里的花树也因年代悠久而更粗壮茂盛，花群更繁艳密集，让我深爱。那年12月购得《四季花卉画谱》的前几天黄昏，还忽生兴致、专门漫步一圈点算花树：原来，这段长约五百米的"长廊"，一边有91棵，另一边是83棵。这样悠悠地走一走数一数，仿佛跟每棵紫荆都打过一次招呼。

傍晚的明净天色下，满树的紫荆花有种轰烈的恬淡。而在早晨，则可以在这一端是初升朝阳、一端是静美落月的"长廊"上看到沿路落红铺满一地，壮丽得惊心动魄；环卫工人在打扫，它们却不管不顾地继续飞旋飘落、继续蜂拥盛开，天天如此。——这情景让我想到一句话："忍心扫去花儿，却拂了一身还满。"有时候，我觉得反正这样，就不必打扫了，落花成茵，也是美景；可有时候又叹息：这一路上，担得起多少如火般炙人的花朵呢……

那段时间，常有灰霾天气，那些簇簇密集的红花，则让偶然投射的稀薄阳光都显得夺目明媚起来。从前，见此花而感伤，而怜惜；心意萧索阴霾之时，倒好像紫荆花在怜惜着安慰着自己……今昔回旋的惆怅，惟紫荆互相照应。这种与花木之间默默的相互关切，便是无声岁月里的一点依凭了。

小邑另有一处地方也是好的。有一回因为探望一位小学老同学而重返老城区一角，经过带有童年记忆的一条河涌，两岸的大叶榕和紫荆都是老树了，长得茂密，树冠枝叶伸展垂探到清水上；冬日浮尘中温煦的午后阳光下，两旁逼仄残旧的民居，冷冷落落，却反而映衬出一幅闲静的景致。尤其是那些正值花期的紫荆，殷红满树，落花覆盖着一段青绿的水面，色调迷人。

只是这个图景、这些花树不知还能保留多久。不时回到老城旧街，总是有点切身的感触。罗大佑专辑《告别的年代》，文案的开场白就是："我看着这个城市，惊异的感觉到她的成长。"——对年代的告别，是以身在的城市为具体体现的。我庆幸孩童时期和成年之后都生活在同一个城市，亲历了她的成长、变化，见证了那些崛起的新貌，与那些寥落的沉淀。

与老城里的岭南特色旧骑楼等被拆除相比，城市建设中乱毁已成形态的花木让我同样难过，这也是旧作《紫荆寂寞红》表述过的心情。我从来警惕某种过分守旧的文人观念，在老城改造的处理上，一向都抱着有生有灭、不必过分保留的想法，反感身在其外却一味从文物与审美的角度去强调保护的论调。但始终，我认为一切还应以民生所需为出发点与界限，属于妨碍百姓安居生活的，当拆即拆；然而若非如此的话，我们还是无为一些好。就像诗人于坚说的，不能总是简单地用减法，也可以用保留传统而引入现代的加法。

这是个太大的话题，不是一篇植物笔记能说得清的。我只能在偶尔这么路过的时候，以随时都可能是告别的心情，记住这老城某种也许是最后的亲切画面，比如，那些花树；然后，静看无声岁月继续往前流淌。

紫荆总能唤起我的回忆。2008年11月底的感恩节、购得那本《百花资料集》后不久，在广州一处繁华闹市的小巷中、一间传统老屋整修而成的学而优书店里，买到王美怡的《广州沉香笔记》。这是一本记写清末民初广州风情的文化散文，比较合我意的是它多从花卉草木入手，如通过消失了的素馨，追忆"花事已随尘世改"的广州（以及岭南）昔年风华。其他涉及植物的篇章中，则以与其时盛放的紫荆相应合的几段文字最贴我心：紫荆"一树繁花倾泻"之美，"没有序曲，没有过渡，直接抵达高潮"，"那种繁复的美丽，有时候真是让人晕眩。"主人公每天早上在城市街头与紫荆花迎面相逢，都会"停下来几秒钟，仔细看一看这些盛开的紫荆花，想一想和这些花儿有关的遥远的事情……它在枝头开得如此热烈，就是想叫醒你的。"(《花道》)是啊，紫荆就是这样，会撩起人青春年少时光的些些细屑的……所以我说的"身边的紫荆"，不仅指所居小邑，正如《紫荆寂寞红》里写过的，那也是我大学的心怀所系……

岁月无声，此身早已枯淡，而紫荆却又迎来了灿烂如染的盛大花期。清人陈淏子《花镜》谈到一个关于北方紫荆的著名典故时这样感叹说："兄弟分居复合，荆枯再荣，勿谓草木无情也。"然则紫荆真是有情之物的。其情于我若何？最后只能另引几句外国的诗歌来概括吧，虽然写的可能并非羊蹄甲的紫荆。是前阵子从马高明、树才译的《希腊诗选》，读到我喜爱的塞弗里斯《航海日志》中一首《欢乐的间隙》："一位美丽的仙女把我们的心事收集在一起 / 悬挂在树上 / 一片紫荆树上。"

> 2009年11月上旬立冬前后，
> 紫荆初盛时节，全面整理紫荆文字。

# 我称你为紫荆

　　紫荆,是岭南一带对羊蹄甲属植物的俗称、统称、泛称、简称。其中一种洋紫荆,在香港回归后成为特区区旗区徽的标志,使更多人得以认识这美丽的花树。但是,紫荆(羊蹄甲)在古代典籍中罕见记载描述,即使是广东人写的专著,如清初屈大均的《广东新语》,该书收罗万象,是关于岭南故实的重要资料,但其草木之部多达160多篇,却也未见收录紫荆。而另有一种来自中原的北方紫荆,同样是绚烂夺目的花树,与生长在南蛮荒夷之地的羊蹄甲相比,它占据了主流话语体系,"我国古代文学中说的紫荆基本上是指它。"(刘华杰《草木相伴》)"古代画家很少画羊蹄甲。"(周士心《四季花卉画谱》)顺理成章,北方紫荆也就占据了后来的植物学著作,在现代规范的科学表述上,紫荆是北方紫荆的学名。

　　我以前一直认为,因为羊蹄甲与北方紫荆都属苏木科(也有笼统称豆科的),花色均为殷红,花瓣都左右对称(但除此外也没有更多的相似了），所以在岭南会被混称，是羊蹄甲僭越了正牌的紫荆名字。然而，某次购得一本旧书《南方草木状考补》（中国科学院昆明植物研究所编，云南民族出版社1991年10月一版），却让我对此问题有意外惊喜之获。此书甚为稀僻，只印一千册，但内容丰富而重要，学术价值很高，因此这里先介绍一下该书。

首先，它所"考补"的《南方草木状》，一般认为是西晋嵇含于公元4世纪初所著，记述了两广及越南出产的，以及外国经此地区进入我国的植物和植物制品，共80条，其中很多是首次记录并沿用名称至今的。它是世界上最早的纯植物志和最早的亚热带植物学著作，又"以风趣的内容和优雅的文风在中国享有盛名"（李惠林语）。

这本"考补"，便是一次《南方草木状》国际研讨会催生的产物。首先，美籍著名植物分类学家李惠林翻译了《南方草木状》，将原书记载的植物进行现代科学定名，并大量征引文献，逐条作出详细的注释、考证和评论，于1979年出版了英文《南方草木状考释》。然后，该书由杨宛华译成中文，由植物研究学者杨竞生（中译者之父）作出同样大量而详尽的校证补释，在李惠林的基础上进一步对各条进行补充、考订，提出自己的见解。最后，还由著名植物学家吴征镒审订并加按语提出意见。

全书包含了历来几乎所有研究者的心得。李、杨搜集的文献资料极为浩瀚，恣肆骇人，每个细节都不放过，几乎每个字眼都有出处，涉及植物学、历史学、文献目录学、民族学、民俗学等，汇集了此前涉及《南方草木状》或关于该书内容某方面的论述，进行辨析，澄清了许多史实与说法，包括针对作者是嵇含还是后人伪托这一最大的争议，以繁富的文献史实、细致严谨的分析，提出"暂宜维持原撰人与撰期"。这是《南方草木状》研究成果的全面系统的总汇，非常丰富、深入和出色，我感到现在仍无法超越。

对于《南方草木状》的原著资料，我以前撰写植物文章时多有引用，现在由此"考补"又得了其他一些新发现，其中最瞩目的乃是"荆"。

《南方草木状》原文记："荆，宁浦有三种：金荆可作枕，紫荆堪作床，白荆堪作履。与他处牡荆、蔓荆全异。……"李惠林说：它们"显然是花具三种不同颜色的同属植物"。嵇含已经指出，这三种荆不是灌木状的牡荆、蔓荆，因为它们能制作家具，应是高大树木。那它们是什么呢？吴德邻订为北方紫荆，而李惠林则认为，紫荆是不见于广东的北方树种，而且也是木材不可能做床的灌木；"根据我的知识判断，这三种植物代表羊蹄甲属的三个种"。生于华南的羊蹄甲，有红花者，"广州今通称为紫荆或洋紫荆。另一常栽培的为紫羊蹄甲。两者均为大树，具略带棕色的木材，优质硬木，用以制造家具和农具。"——据此，则羊蹄甲于西晋年间便已在南方得名紫荆了。至于金荆和白荆，李惠林分别考释为开黄花的高大灌木毛羊蹄甲、开白花的小树渐尖羊蹄甲。

他又引李时珍转引杜宝《大业拾遗录》记载，古代南方林邑诸地有金荆，"盘屈瘤蹙，文如美锦，色如真金。工人用之，贵如沉、檀。此皆荆之别类也。"考释说，这正是羊蹄甲属大藤本植物的特征，"台湾和华南其他地方现在用此等木头做手工雕刻装饰品例如书簏、花瓶或桌子等。像嵇含所述，用这些木头，在古代可用于作木枕、木床或木鞋。"

当然，对此也有不同意见，杨竞生举其他学者的解释和他自己的看法，认为三种荆未必均为羊蹄甲属植物，有可能是紫荆属，因为花为红色的北方紫荆，虽然栽培后是灌木，但野生的原为乔木（按：即也可用作木材）；也有可能是牡荆，如花为黄色的乔木广西牡荆、山牡荆，花为黄白色的灰毛牡荆（按：嵇含所云"与他处牡荆、蔓荆全异"，确实亦可理解为仍是牡荆的一种）。

后来，我还曾与学识渊博的文史学者杨宝霖老先生谈到过这个问题，他也对李惠林之说存疑。杨老先生对农史深有研究，考证过多种经济作物引进中国问题，他认为羊蹄甲最早于明清才传入广东（但未言此说出处），不可能在嵇含写《南方草木状》的年代已见于南粤。

而我则对其意见有所保留。查《广东植物志》（第五卷）（中国科学院华南植物研究所编，吴德邻主编，广东科技出版社2003年10月一版）羊蹄甲属部分，该属植物约300种，其中有50余种是产于我国的，不能排除它们是西晋已有（或已引种）而被呼作紫荆。

这里还可拿一个小例子来讨论。晚清广东人梁修写过一本专咏广州花木的《花埭百花诗》，内有《紫荆》一首，用了《续齐谐记》中那个兄弟欲分家而被紫荆树感动的著名典故，今人遂注此为北方紫荆。这当然可以作为古代岭南所谓紫荆其实是移植而来的北方紫荆之例证，但也同样可能是当时已将羊蹄甲唤作紫荆，作者本意是写羊蹄甲，只不过用了北方紫荆的典故而已。

总之，《南方草木状考补》中的李惠林之说，至少在逻辑上存在可能。我愿意认同这一见解，并将此作为一大欢喜。

对于南方紫荆（羊蹄甲），我以往有一个疑问和一个遗憾。疑问是，为什么岭南人会把羊蹄甲称为紫荆，从而与北方的紫荆名称混同？原因仅仅是它们乃同科不同属的植物，叫错了吗？遗憾是，南方紫荆（羊蹄甲）不像北方紫荆那样历来有文学典籍记载，显得出处寒微，找不到古书资料可稽考。现在读了李惠林的考释，这两点都豁然明朗了：原来嵇含早就记载古人将羊蹄甲的一种称为紫荆，这名字不是从北方的紫荆那里偷来的；原来它早就寄身于《南方草木状》等（按：杨竞生还指出《艺文类聚》、《全芳备祖》、《本草纲目》等书与本条相近的记载），在文献中也是有来历的。

而且，它还有那样美丽的质地（"文如美锦，色如真金"，"贵如沉、檀"），那样与人贴身的用途（枕、床、履），早就与岭南人相亲了。这些都是让我愉悦的，也就倍感这本《南方草木状考补》的珍贵。

在羊蹄甲之外，紫荆之名实还有些枝节可一并谈谈：王宏志主编的《热带亚热带主要树种物候图谱》，与刘小媛等编著的《热带亚热带主要树木种子果实图谱》（广西科学技术出版社1989年1月一版），分别收有一种山榄科的"紫荆"，和一种赤铁科的"紫荆木"，观图谱二者似为同一物，但却既非北方紫荆，也非羊蹄甲属南方紫荆（同时二书居然都不收羊蹄甲），这就不知是何方神圣了。

——这是植物学中常见的同名异物现象。但不论在羊蹄甲之外，还有哪些著名的与非著名的紫荆，现在，我都可以更理直气壮地把南方的羊蹄甲称为紫荆了。

当然这种寻章摘句的做法其实很可笑，何必要用李惠林那一个并未得到普遍认可的学术观点来作支撑呢？淳朴的岭南人，多少年都已不管不顾地径直呼唤紫荆了，那才是浑厚自然的气象。就像对于喜爱的人，你也不会计较对方的名字是否和别人相同，你只会仍那样叫唤她/他，因为她/他与你相亲，在你身边，进入了你的生活，或者在你心底，陪伴着你的灵魂，那么，她/他就是这个名字于你的唯一了。

2009年11月上旬立冬前后，

紫荆初盛时节，全面整理紫荆文字。

2010年3月上旬删节。

附记：

催生《南方草木状考补》的那个1983年国际讨论会，还汇编了《南方草木状国际学术讨论会论文集》，由会议主办方、华南农业大学农业历史遗产研究室编辑整理，内容也甚丰富可喜，既有真伪之争（各方学者对《南方草木状》作者、成书年代的不同意见），也有名实之辨（研究原书中一些植物），附录了稽含年谱等资料。该书由农业出版社1990年2月出版，比"考补"更稀僻，只印了434册，网上奇货可居，价格高昂，有人做了复印本出售，我非藏书家，志在闲览和使用而已，故托人买了后者。

顺记手头的《南方草木状》版本：

单行本，其一是广东科技出版社2009年2月一版，据明版影印。其二是商务印书馆1955年11月一版，有勘校，附前人《南方草木状图》60幅，插图与封面皆古雅清妙，乃当下藏家推崇的版本，我原也嫌贵，直到这次再度整理书稿，才乘兴购之，作为2014年的开年书之一。

合印本，其一是杨伟群校点本，收入《南越五主传及其他七种》，广东人民出版社1982年7月一版。其二是朱晓光校注本，收入《岭南本草古籍三种》，中国医药科技出版社1999年1月一版。其三是张宗子辑注本，收入《嵇含文辑注》，中国农业科技出版社1992年1月一版。该书的注解和同类资料附录较详，另还收入嵇含的多篇诗赋等佚文（也多以植物为题），颇具文献价值。

# 养叶天的南国花讯

三月里读叶灵凤《香港方物志》之《三月的树》,里面说,初春的香港除了看花之外,"还有一种美丽的东西可看",那便是"各种树木的新叶和嫩芽"。说三月天气多变,古人称为"养花天",但在香港,则可称为"养叶天"。

岭南树木大多终年常绿,但也确有这样的新叶美景,比如大叶榕。

南方最普遍的榕树是细叶榕,这是一种常绿树,但到春天,则会一天之内老叶褪光,而本已成长的新叶及时补上,始终树冠葱茏。叶灵凤说得对,这并非真正科学定义的"落叶",而是"换叶"。然而细叶榕这瞬间褪叶的情景也够叫人瞩目的,正是柳宗元写的"春半如秋意转迷"。大学忧愁时节,我目睹那些掉得满地飞得满天的落叶,触目惊心,曾为之写下哀怨的文章。只不过,后来欣赏的,乃是大叶榕真正落叶之后的饱溢嫩绿了。

昔在大学校园,东门路旁长长的两列树木,每逢春日的嫩叶青翠得透明，掩映着树下走过的青春少年，名副其实的青葱岁月。我私下名之为"青玻璃隧道"，毕业以来，时时怀念。这个三月，听一位老同学谈起经过母校，看到这条路两边的树长得更加高大了，空中交抱，新叶如碧，十分壮观，遂起岁月之感怀云。我很欣慰有此心情的不止我一个。不过，这种树并非仅存于故园，而是常见于南方城市，像我现在居所门外以及上班路上都有成排栽植。每年初春，它在"各种树木的新叶和嫩芽"中最为触目，尤其湿漉漉的雨雾天气，黝黑的树干上冒出那片片新绿，更是在阴沉天色中、在忙碌日子里带给都市人眼前一亮的春讯。

但直到这个三月，我才从一位专家口中得知它的名字叫大叶榕，是各种榕树中唯一的落叶树种。然后，四月上旬喜获一册《华南常见行道树》，其中对它的介绍也特别注重这方面特征："干粗大，枝柔软，自然伸展……一至二月落叶，约十天，即萌新叶……冠大荫浓，枝繁叶茂，虽落叶，但嫩叶清新……"最后还意犹未尽地这样结语："春季萌发叶芽时很美观。"由此书还得知，大叶榕有一个很好的别名：嘉树。这真是南国嘉木了。

广东园林学会和广州市市政园林局合编、王缺主编的《华南常见行道树》，是不多见的行道树专题著作，共收两广加海南的主要行道树147种，并附多为花卉的"行道常用灌木"55种,包括大批春日开花或结果的亲切树木,满卷簇拥,看得人心花怒放。全书文字介绍比较详细具体,图片繁多而精美,且不少是直接取景于街头、园林,让城市景观与那些树木一起呈现,富有亲切的生活气息。像大叶榕的照片中有一张,拍的就是马路边的老干新叶,路上有行人闲闲走过,一派春日的悠然怡人气息。而这张照片,还被另外选作扉页配图,编者的慧眼,正合着我近来特别关注这种南国嘉树的心情,欢喜之至。

这本十六开精印图册,是我今年春季聚书主题之一、岭南花木图书的完美收梢。此前多种同类书,还有几本可与这时节的花木一并说说。

劳伯勋著的《南国花讯》,书名可喜,偶然碰到,廉价得之,颇为欣悦。这是作者来到广东后,为这片"南国沃土""处处是花,连空气也饱和着花香"所触动,从而写下的"南疆风采"小书,共收散文体科普文章37篇,均有手绘插图。全书虽略嫌粗浅并时见讹误,但也有些前所未闻的隽语与资料,乃劳碌春日中的慰心花讯。比如《布谷声催杜鹃红》,认为在春日花木中,杜鹃兼具了桃之浓艳、柳之文静。《洋紫荆冬艳似春归》,虽和其他花书一样,在洋紫荆等羊蹄甲属花树的品种、名称问题上是一笔糊涂账,但却有一个新颖妙喻,谓那些如羊蹄般的叶子,可与广州又名五羊城联系起来,因神话传说远古有五位仙人骑羊飞临广州,那么这些树叶,就是仙人遗下的五羊蹄印了。(三月初得书之时,"三种羊蹄甲吐芳竞艳的接力赛"正来到第三棒:宫粉羊蹄甲开得妖媚灿烂,犹如迷梦。)

王宏志主编的《中国南方花卉》(金盾出版社1998年1月一版),在总论花卉的繁殖栽培之后,收录介绍了南方花卉——无论"南方"还是"花卉"均为广义——280种,还附写了相关花卉230多种,大部分附有彩照。该书值得一提的是对一些引进植物,给出了我国引种或外国人工栽培、发现的时间,虽只是约数,但有助于纠正某些把我国古代诗文附会为近代外来花卉的讹传,是其特色所在。此外,一些描述文字也颇有情趣与文采,如三月上旬得书之时,父母河畔新居楼下数丛瑞香正开得香浓,该书对又名"蓬莱花"、"风流树"的瑞香,便写得很好。

李光照等著的同名书《中国南方花卉》(上海科学技术出版社2006年1月一版),与上书一并搜购。作者是广东人,本书乃于"南方"中尤重华南地区,甚合我心。而且比起王版《中国南方花卉》,本书印刷更精美,收录更繁富,更为系统全面,分野生、栽培两部分共介绍了千余种花卉(每种都配一张以上彩照)。像我春节期间首次购置的新几内亚凤仙,春分之日在香港旺角花墟得见之沙漠玫瑰等新品种,本书都有收录,杜鹃更多达40多个品种,缤纷满卷。缺点是文字介绍方面,虽也说是各种要素应有尽有,但过于简略,以瑞香为例,就完全不及王版的介绍详尽、形容可喜。

徐祥浩等编著的《华南的奇花异木和珍贵植物》,是一本普及性的小书,通俗化地介绍了80多种岭南特别的植物,文字简要而不简陋,有不少很好的科学知识乃至文史资料。我最惊喜的是从中得解一个疑惑:去年买到两种热带亚热带树木图谱,见有"紫荆"者,却非正宗的北方紫荆或南方紫荆羊蹄甲,不辨何方神圣。现由此书得知,那原来是稀有珍贵树种"子京",又名紫荆木而已,是那两本图谱的标名不够规范。

本书谈杜鹃花时说道:"红杜鹃(映山红)的花瓣酸甜可食,梅县地区的妇女上山割草,口渴时也喜吃其花瓣来解渴。"这使我想到以前从宋人信孺记广东史地的《南海百咏》中读到的一首《花山寺》,该诗题注云:"(寺)在扶胥(今广州黄埔)北五里,漫山皆杜鹃花。俗传方春时,妇女往往就结其花,以为熊罴之兆。蒋颖叔诗云:'开遍满江红踯躅,香风一簇美人来。'盖谓此也。"方信孺自己的诗说:"山下女郎来问讯,未饶萱草解宜男。"我们后来相反,只知道古代风俗有佩戴萱草花能梦熊生男的传说,却"未饶"杜鹃花在岭南亦曾是这样的祈子植物。我以前颇写过些杜鹃之于丽人的文章,而《华南的奇花异木和珍贵植物》与《南海百咏》,则记下了另两种"香风一簇美人来"的趣事。

此外,书中的插图在目录标注时多有小标题,"人心果有果的枝"(此时我家那棵人心果,累累硕果饱满得把枝条都压弯了)、"猪笼草有花的枝条"、"昙花正在开花的枝条"、"番木瓜正在结果"……这些叙述充满诱人的情味,让人感受到各种岭南植物花果枝叶齐发的安静之蓬勃,又是一番可喜。

2010年4月中旬

# 春夏间的几把火

在亚热带的岭南，自春至夏，有几种植物满树红花，殷赤如火，令人瞩目，且又都有着与火相关的别名。这些木本"火花"（草本的本文不谈），合组了一份大气派的南方风情。

首推自然是又名烽火树的木棉。——关于木棉花，我已多次写过了，这里不再重复。

倒是在谈木棉古今花期之异的文章里，我曾引用过苏轼一首诗《海南人不作寒食，而以上巳上冢……》："记取城南上巳日（按：农历三月上巳节），木棉花落刺桐开。"而刺桐，正是继木棉之后的天南又一把火。

有趣的是，早在第一部植物志、晋代嵇含的《南方草木状》中，描写刺桐也像苏轼一样以上巳节为背景："三月三时，布叶繁密，后有花，赤色，间生叶间，旁照他物，皆朱殷。"

这一段简短文字颇为典雅。而即使是现代的植物学专著，写到刺桐也会被其红艳逗引出情味，如叶锡欢等编著的《木本花卉》："盛开时，全株是花，红艳耀目，常招引小鸟啄食。花朵容易脱落，红花遍地。花期较长，从一至五月花开不断。繁花似锦，壮观非凡。"

刺桐又名广东象牙红、木本象牙红，另有鸡冠刺桐又名象牙红，指的是其花形如一簇小巧的象牙。安歌的《植物记Ⅱ——从新疆到海南》，则称刺桐的拉丁属名之希腊文词源本意就是红色，又名火焰花。此为别处所未闻的，却也正反映了刺桐如火。

中国无忧花也别名火焰花。

正宗的无忧树，乃是佛教圣树。台湾原版"佛教小百科"中的《佛教的植物》，将它列为第一种介绍，说释迦牟尼就是在其母伸手欲摘无忧树的美丽香花时从其右肋下生出。

同科近亲中国无忧花，《华南常见行道树》对其描写细致优美：因其枝叶"柔软下垂，婀娜多姿，状似逍遥、无忧无虑而得名，花时叶与瑰丽的花映衬，饶有风韵"。

该书是今年4月花期时所购，而前几年一个5月的花期，买过陈俊愉等主编的《中国花经》，谈到中国无忧花别名火焰花的来由："春天一簇簇火红的花，在绿叶衬托下，犹如原野上升起的堆堆篝火。"——不过事实上，其花往往是橙红色，并非全都火般大红。

以上都是别名，还有一种，则是堂堂正正本名火焰树，高大树冠的浓密叶丛上开出如火焰冲天的簇簇硕大红花，又名火焰木、火烧花等。柯萧霞等主编《华南珍奇木本植物》有这样的抒情描写："青翠欲滴，浓荫匝地，枝叶之间，群花盛开，艳红无比，如火如荼（按：这个成语在此属于滥用，因为荼是指茅草白花），远远望去，犹如一团团熊熊燃烧的火焰，又似一片片天边眩目的彩霞，十分壮观。"

不过，火焰树的杯型花冠有点皱有点胖，单独一朵不是很美观，胜在一齐开放时的绚丽。

如此，春夏间绵延相接的几把火：木棉，从烽火树的帝王背景到近现代被视为烈士鲜血故名英雄花，都显得过于"主流"；刺桐花型太精巧；中国无忧花色泽不够浓烈；火焰树的花略嫌臃肿。始终，还数又名"火树"的凤凰花最好看，蓬勃中有清气，火热得来却亲切。

更重要的是，对于热带亚热带的南方人来说，凤凰花还是一种集体意象，它那盛大的花色，代表着夏天的味道、校园的青春；它的花期在5、6月，接近暑假，又代表着毕业离别的依依迷惘。——那种火红青绿的少年情怀，是让树下徘徊者要屏息感受的。

也因此，一代代的青春偶像都唱过此花，从姜育恒的《你可曾看过凤凰花》到郑智化的《凤凰花》，从欧得洋的《凤凰花季》到陈楚生的《凤凰花又开》，从优客李林的《毕业纪念册》到林志炫的《凤凰花开的路口》，从小虎队的《骊歌》

到陈珊妮的《青春骊歌》，从张明敏的《毕业生》到老狼的《久违的事》……歌曲年度跨度很大，这么多年有这么多人吟唱，那就真的是一种南方的青春象征和集体记忆了。如欧得洋的《凤凰花又开了》（原名《凤凰花季》），劈头第一句就是："还会痛吗，我自问自答……"带出夏日凤凰花映衬下，南方少年的成长、怅惘、思念："……回不去了，那单纯的快乐……凤凰花又开了，我们都变了。"

姜育恒的那首，我在旧文《虽说凤凰是心爱的花》中写到过。该文题目，出自萧丽红的《千江有水千江月》，小说中异乡的凤凰花，竟让那热爱故土的女子也恋栈起来，日日步行去看，为之感念前人，珍重敬惜花中的天地心意。——我读此书亦然。这本昔年毕业时节故人所读并抄告、我要到十余年后的花季才偶然购得的优美小说，今年因了5月初的大学毕业20周年纪念重聚才真正全面细读，那两个同心者的爱慕苦恋与生命领悟，让我犹如经历了一次澄澈的洗礼，心灵涤荡，恍如重睹自己年轻时的前身般生出惆怅之意，但也更生出了庄重的恭敬之心。虽然"我已离开"或者"回不去了"、"我们都变了"，却仍深深感激。

旧文中还提到，我有一本心爱的植物书，就是为那段凤凰花语而购的，即本文前面引述过的《木本花卉》。近年购书也时有留意当中的凤凰花影。去年5、6月，搜来好几本专论热带亚热带植物的旧书，以增炎夏兴味，很奇怪，其中只有一本农业部内部出版物《中国热带南亚热带作物图集》（王保公等主编，农业部农垦司和发展南亚热带作物办公室1993年2月编印），收入了凤凰木这种"热带著名观赏树"。

关于凤凰花的特性，一位朋友形容为"灿烂之上再生灿烂"。而迈克《采花贼的地图》中写台北那篇《处变不惊戏山玩水》所述的灿烂更为奇特，说在"艳阔"的南洋，"才长出那么不合理的大红大绿的植物"；凤凰木掉落的花蕾浸在水里，照样能"隔天开出灿烂的花，若无其事，不记得前一天轰烈的殉情"。

这是凤凰花顽强到了漠然的另一面。因为树型和花叶的优美，凤凰木给人清秀的感觉；前述的学子情怀，又使其染上忧郁的色彩。但其实，凤凰花是另有苍凉意味与浩然气魄的。

马家辉那本琐碎抒怀与严肃沉重并举的随笔集《他们——关于这个时代的一些脸容与成败》有一篇《看花的女子》，说"凤凰花是爱恋之花"，"没曾有过短暂的夏恋，你根本不明白自己的生命曾经缺失过什么"；又因为花期而"在年轻人的心中总占着某个微妙的位置"，映衬的同窗告别，"是人生的第一课"。然而，他又写到这种"肆无忌惮，火烧满城"的"车水马龙下的风流散漫",花色"有点诡异的暧昧,仿佛永远似在预告和警告,来日大难,及时行乐"。

朱千华那本华美浪漫浓得化不开的《水流花开——南方草木札记》,全书末篇是《满天彩霞的回忆——凤凰树》,说凤凰花"那种毫不掩饰的大红",让他想到"泼彩"、"莽泼胭脂";"每每遥望凤凰花,只感觉胸襟中升腾起一股江山磅礴的感慨。那种火红触目惊心"。

——有一回,梦见有人问我最喜欢什么花,我有点羞涩地答是凤凰花。梦中的前因后果都不复记了,事实上凤凰花只能算我所爱之一而已,何以有此一梦呢?也许,就因为这把火,从忧郁的学子年代一直烧到如今的苍凉中年吧。有的火花熄灭了,但另一些,浸在水里照样能隔天开出,"还会痛"。

*2010年5月底、6月初*

# 前生曾簪素馨花

炎炎夏日,茉莉吐芳,让我又想起了岭南历史上向来与她并行竞艳的神秘奇花:素馨。

华南第一部花木专著、也是中国乃至世界上第一部植物志,西晋嵇含所著的《南方草木状》,已首次记载了茉莉和素馨(当时称为"耶悉茗花")这两种"自西国移植"的香花,以及南粤"女子以彩丝穿花心,以为首饰"的习俗。

到五代十国的岭南独立王朝南汉,耶悉茗花改名为素馨。这个芳名的来历,清人梁廷楠《南汉书》收录了两种说法,分别是一个"性喜簪那悉茗花"的司花宫女,和一位死后"冢上忽生那悉茗花"的公主,皆本名素馨。也是从那时候起,广州城郊开始出现成片种植的"素馨田"。

明代后期,广州的花田已颇成规模,"附郭烟村十万家,家家衣食素馨花"。这是因为素馨为人宠爱,风行于岭南:它可作装饰品工艺品,如簪髻插鬓,串成花球、花环,制作花灯,装饰花艇等;可作香料,如制"龙涎香饼"、"心字香"、香片等；可作日用品，如护肤化妆、佐茶、合酒、醒酒、解暑等。种种活色生香的盛况，清初屈大均《广东新语》"素馨"一篇所记最为详尽，绘出一幅"满城如雪，触处皆香"的民俗风情画。

清末之后，就花散香消了。冯沛祖所著《春满花城——广州迎春花市》（广东教育出版社2009年2月一版），因为历史上的广州花市几乎专指素馨市场，故特别辟出专章来讨论素馨。作者指出：自西风东渐，素馨的那些功用被洋化的新装饰品、化妆品取代，遂逐渐败落，花田也早成高楼林立的市区了。"素馨在广州花卉史上有着特殊的地位。自汉代至清代中叶，广州的花卉种植业一直以素馨为主……但它后来在广州花卉市场上的消失却又是如此的彻底，大概自民国后，广州花市已难觅其踪影。这在广州花卉史上是一种颇奇特的现象。"——可谓素馨的一大悬案。

素馨的另一神秘之处，则是其"真相"——真正的相貌。

关于素馨的形态容颜，古人中以明代王象晋的《群芳谱》写得最好："枝干袅娜，似茉莉而小，叶纤而绿，花四瓣，细瘦，有黄白二色。须屏架扶起，不然不克自竖，雨中妩态亦自媚人。"我大前年6月得此书，读来只觉那些带着雨珠的点点娇白如在眼前，片语即可消暑。

不过，他和李时珍《本草纲目》都说素馨"四瓣"，就不如唐段成式《西阳杂俎》所记"其花五出"准确。检当代的植物书，各家描述略有出入，概括起来的共同点是：原产于云南等西南地区，多年生常绿攀缘灌木，羽状复叶对生，夏秋间开白色深裂五瓣的香花。

关于素馨与姐妹花茉莉的区别，今年6月中旬用以生日自寿的一本广州花史、孙卫明的《千年花事》(羊城晚报出版社2009年6月一版)，以及其他一些著作，都作过比较，但总的来说，两者还是容易区分的。

然而问题恰恰在这里，这些书上的西南素馨，正给我造成了一大困惑。因为，我身居广州之侧小城，向来只知道一种与茉莉颇为接近、难于分辨的素馨，为此多次向花档摊主与花农请教过，前几年还写过一篇小文《茉莉，还是素馨》，对这两种同科同属、色香相类、历史上相提并论的姐妹花作了一点比较。同样，晚年寓居香港的叶灵凤，在二十世纪六七十年代写的《花木虫鱼丛谈》中，也因二者"很相似"而专门谈过辨别问题。(我们的经历也说明素馨并没有完全"绝市"，虽然一般人确已不大认识而只知茉莉。)

我个人的"素馨认识史"遂一波三折。经过几年的书海寻访与偶然邂逅，最后得出的结论是：古代典籍中的岭南素馨，现代植物学中的西南素馨(包括段成式、李时珍、王象晋等人的记载)，当今广东民间仍然流传的素馨，这三者并不是同一回事。

我认为古代岭南典籍中的素馨（耶悉茗）就是当今广东民间仍然流传的素馨——后者其实是某种茉莉。古有明人慎懋官的《华夷花木鸟兽珍玩考》，今有张应麟的《南国花韵——岭南花卉的栽培与赏析》（安徽科学技术出版社2003年7月一版），以及曾向广东农史、文史专家杨宝霖老先生当面请教，都持该说。现在花档花农俗称的素馨，之所以与茉莉很难区别，累我和叶灵凤都专门细究，答案就在这里。它们在华南退出花市和日常生活后，被西南素馨占据了现代植物学中的素馨之位，属于冒名顶替。但古代岭南素馨并未真正失传，虽然作为产业和行业已经消失，民间却悄然而顽强地流传下来，仍有栽种。——又或者，所谓消失，也仅是因同属茉莉，乃为茉莉之大名所掩而已。

当然也存在另一种可能性，古代岭南典籍中的素馨并非茉莉，而是现代植物学中的西南素馨。但这当中必须细分，一般植物书称素馨又名素方花，即嵇含说的耶悉茗；事实上，素馨（又称大花茉莉）与素方花（又称素兴花）是两种不同的植物，虽然形态接近，却不能混为一谈。这方面，陈俊愉等主编的《中国花经》、朱亮峰等编著的《芳香植物》（南方日报出版社2009年10月一版）、雷一东主编的《茉莉花的栽培与利用》（金盾出版社2002年3月一版），都作了区分；

今人胡起望等的《桂海虞衡志辑佚校注》，其中对宋范成大原著《桂海虞衡志》素馨、茉莉条目所作的注释也具体介绍了来历源流；而谈得最精彩的是清吴其濬的名著《植物名实图考》，他将素馨与素兴花分列，于前者引录历来岭南著述对此耶悉茗的记载，于后者则说，有人称此花即岭南的素馨，他认为"殊与粤产不类"，"未免刻画无盐，唐突西施"。骂得真痛快。而从绘图看，他说的素馨是大花茉莉，素兴则是素方花。

如果按照此说，则当今广东仍在然流传的素馨，乃是在真正的素馨（大花茉莉）退场之后，因那些古艳清芬深入人心，人们出于依恋怀念，遂将一部分茉莉称为素馨。这也属冒名顶替，却是民间出于延续一种传统的拳拳心意。

——说到底，我对这种"粤中之清丽物"（屈大均赞语）的探究，到最后依然莫衷一是，真相难明。就像《南汉书》所记的素馨得名有两个版本、有两位素馨女子，可见由一开始，故事就已经花开两朵面目含糊，演化到后来，素馨与素方、素馨与茉莉更成了两对让人迷惑的"双生花"。我只能姑妄言之，在纸上花间，寻觅一点仅仅属于寻觅的乐趣。

而在寻觅中，竟能邂逅与自己沾上关系的故闻，就更是意外惊喜了。话说在向杨宝霖先生请教素馨疑问时，他推荐了一本稀僻的古书《岭海见闻》，说有一则与本邑相关的素馨史料，仅见于该书。去年4月，我在旧书网上买来上海图书馆藏康熙刻本复印本；今夏撰此文时，又恰好喜获广东高等教育出版社1992年5月出版的点校本之复印本。作者钱以垲是清代人，曾在本邑当过知县，此书即其杂录南粤见闻之作。其中关于素馨，谓在本邑长得"尤盛"，"脉沥洲多种此为业，串作花球、花掠，卖于兴隆桥，百十成群，竟成花市矣"。

读来真是高兴啊。原来除了广州，本邑古时也有素馨之业（广东高等教育出版社的版本中，点校者程明在"前言"指出此书史料价值时，就举了这则素馨记载为例）；更重要的是，那素馨花市兴隆桥，就在我儿时旧居附近，小学时每天都要过桥上学，也在桥下河中游泳，这样一个留下童年纯净回忆的地方，历史上竟曾满载我喜爱的岭南名花之香。后来，那条河因污染被封闭，那道桥被拆除，但填出来的街道，现在成了老城里的花街，竟又恰与古迹相合。

钱以垲所记两种素馨制品，花球，屈大均《广东新语》有载人们用"素馨球"挂在帐中生凉辟暑；花掠，则当属屈大均所说的、插在鬟髻上的装饰"珠掠"。他还说："茉莉宜于女子，素馨宜于丈夫。"可见当年头插素馨更是男子的风尚呢。

然则，如果真有前生，我是否也曾在那兴隆桥上走过，顺手买过一两朵素馨,簪于耳边?那就像儿时少年,是属于夏天的隐约迷糊的记忆。

花香自前生飘来。读昔年夏日所购宋人陈景沂《全芳备祖》,于素馨引录的吟咏中有刘叔安《念奴娇》:"秀入精神,凉生肌骨,销尽人间暑。"于茉莉则引许梅屋诗云:"荔枝乡里玲珑雪,来助长安一夏凉。情味于人最浓处,梦魂犹觉鬓边香。"——盛暑中撰此花篇,情味亦略如这两首诗词,最终,是掩卷犹觉鬓边香了。

2010年7月上旬至中旬,

农历六月六"晒书日"完稿。

# 开眼启唇说相思

　　七夕佳期，又是岭南佳果苹婆（频婆、蘋婆）张开凤眼、轻启朱唇的时节了。

　　前年8月的七夕兼立秋当天，我在香港买到饶玖才的《香港方物古今》。此书特别注重香港发展过程中逐渐消失或缩减的传统事物，因而可视为叶灵凤开拓之作《香港方物志》在城市化新时期的后续新篇；杂记风物共50多种，以植物为主，尤以《七夕说蘋婆》一篇最为应景，开头即云："每年到了农历七月乞巧节前后，街市摊档便有一种红色的荚果，内藏二至四粒像龙眼核的果仁售卖，煮熟后香甜可口，营养丰富。主妇则喜用来炆鸡或猪肉，代替秋冬才上市的栗子，这种果仁，就是蘋婆。它是珠江三角洲颇常见的栽培果木。"又介绍粤人旧俗，未嫁少女在七夕用蘋婆等果品供奉七仙女（七姐）以祈赐良缘，因此它又名"七姐果"。

　　除此之外，苹婆还有其他名号。近音的如蘋婆、频婆（实际上这才是本名，详见下述）。而早在叶灵凤《花木虫鱼丛谈》中就指出，正因其音还近于"贫婆"，我所在的乡邑认为不够吉利，遂改称为"富贵子"。更流行的通称则是"凤眼果"，此说最早见于清代吴其濬《植物名实图考》，盖其鲜红修长的果荚成熟时迸绽裂开，露出里面的紫黑色种子，形状有如凤凰张目。

最有意思的，是苹婆在历史上曾一度被苹果及其兄弟夺去过名字。这一有趣的公案，我前年秋天在《香港方物古今》和《花木虫鱼丛谈》中发现蛛丝马迹后，曾爬梳了一堆古籍今著，在纷繁的头绪中进行侦破；后来因朋友推荐而读到张帆的长文《频婆果考——中国苹果栽培史之一斑》（《国学研究》第13卷，北京大学出版社2004年6月版），才知道他已通过征引繁浩文献，考察出名称的演变，探得了更全面的真相，可谓不谋而合的同路探索，而又补我所未知，这种发现的过程是颇愉快的。这里略去繁琐考证和大量举证，列出张文要点如下。

"频婆"源出梵语，印度有频婆树，果实鲜红色，意译为"相思树"，自唐代起屡见于佛经。如《翻译名义集》："频婆，此云相思果，色丹且润。"《新译大方广佛华严经》："唇口丹洁，如频婆果。"《方广大庄严经》："唇色赤好，如频婆果。"等等。该词传入中土后，至少从宋代起就用来命名岭南那种后来以近音得名苹婆、以形状得名凤眼果的亚热带坚果

（及该植物本身）。此果稀见于中原，北宋时曾用为贡品，但始终不怎么为岭南以外所知晓。

另一边厢，继西汉时苹果的一个品种柰之后，元朝中后期，另一个更新更优良的苹果品种也从西域（新疆）传入内地广泛栽培。时人不知"频婆"已用于岭南，遂因"色丹且润"而用来称呼这种苹果，亦写作平波、平坡、苹婆等。包括王世贞等名人，《广群芳谱》等名著，都将这种北方苹果与佛经中的热带频婆望文生义地联系起来。明后期，大概最早是王象晋的《群芳谱》，由苹婆果演化出简称苹果，但仍与前面的几个名字混用。虽然也有像（雍正）《广东通志》指出岭南苹婆果"与北方苹婆果绝不相类"等，但无法扭转大部分学者文人的误解。直至晚清，西洋苹果传入中国，原来的西域品种（学界统称为绵苹果）逐渐萎缩退场，其频婆、苹婆等旧名随之消失，新品种只沿用了苹果之名，就是我们今天吃的苹果。至此，苹果和频婆两个概念才在主流著述中被截然区分，清末民初徐珂辑《清稗类钞》，已能对两者分别列条目记载。

在这过程中，柰和林檎这两种与苹果种属相近、一度与苹果混称的水果，也曾被误指为频婆（苹婆），时间甚至可能先于岭南频婆的命名，在唐朝已经出现，后更经李时珍《本草纲目》、徐光启《农政全书》等权威著述传扬广远。全祖望《鲒埼亭集》对"柰,一名苹婆"之说提出质疑,却也只是将柰与苹果区分,仍认为"佛书所谓苹婆果,肖如来之唇"者,是北方的苹果。甚至粤人屈大均所著《广东新语》介绍岭南频婆时,具体特征性状都对了,却也糊涂地称"苹婆果,一名林檎"。

张帆的结论是:苹果(及其兄弟)与佛经中的频婆果原非一物,其名称的混同,属于中印文化交流中的"误读"现象。

从张帆这篇洋洋雄文中获益甚多,廓清源流,解惑释疑,让我十分高兴。不过,他主要论述中国古代苹果,关于岭南频婆只是附带一并述及;加上他似乎不是南方人,对岭南频婆没有直观认识,所以我在这里还可以再补充一点资料。

饶玖才在《香港方物古今》中准确地指出,岭南苹婆"在中国生长的记载,首见于宋代的《岭外代答》,该书'百子'条说:'频婆果,极鲜红可爱。佛书所谓唇色赤好如频婆果是也。'"购得饶著后不久的前年9月,我便买来杨武泉校注的《岭外代答校注》。

《岭外代答》是南宋周去非的著作,他曾在桂林等地任官,在抄袭范成大《桂海虞衡志》的基础上"益以耳目所见闻",写成这部较详细全面的广西及岭南地方史料,仅植物就记载了约百种。其中,频婆是《桂海虞衡志》所无而本书新增者之一。然而,杨武泉的注释却否定了《植物名实图考》关于此频婆即凤眼果的意见,而去引用《广东新语》、《广群芳谱》《本草纲目》等,以讹传讹指为红林檎(苹果的一种)。

那么我为什么支持吴其濬、饶玖才的看法,认为这里说的就是岭南苹婆凤眼果而非苹果呢?除了周去非所记的宋代广西是否已有林檎这一点存疑之外,更关键是"唇色赤好"之喻。苹婆后来得名凤眼果,是因其荚裂露果、有如眼睛;但如果忽略里面的黑色果实,则那张开的猩红果荚,又极像两片饱满鲜艳的朱唇,正好对应佛经的频婆,故所谓"唇色赤好"只应用来形容岭南苹婆。

查《佛教的植物》一书所介绍的频婆,从其描述和插图看,应该不是凤眼果,则在印度原称的频婆是另一种红色果实的植物。但该名称通过佛经传入中国后,人们发现状如红唇的岭南苹婆更为贴切,遂取名为频婆。至于苹果(及其兄弟)也称频婆,那只是取"色丹且润"的形象,与"唇色赤好"、"唇口丹洁"等并不沾边。我们现在还会夸孩子"脸蛋像个红苹果",苹果之红润对应的是脸,所以要比喻苹果该说的是"颊色赤好"而非"唇色赤好"。当然,张帆文章注释中也提到元代关汉卿杂剧《关张双赴西蜀梦》曾用"绛云也似丹脸(一作丹颊)若频婆"来形容"面如重枣"的关羽,但那只是特例，他也指出："佛经、变文提到频婆果，基本上都是比喻口唇。"

苹果鱼目混珠以脸代唇，长期侵占频婆一名，造成大量古籍的混乱记载，是植物名实演变史上异物同名、同物异名的有趣现象。余波至今尚未完全消除，包括在一些专著中：如高明乾主编的《植物古汉名图考》，将蘋婆、蘋婆果均释为苹果，依据的就是《本草纲目》、《广群芳谱》、《学圃余疏》等误记，而无视《岭外代答》、《植物名实图考》等文献（后者可是连插图都十分精确地绘为凤眼果的）。又如谭宏姣的《古汉语植物命名研究》，述及相关问题时，也仍将苹婆与苹果混淆。不过，学界已形成共识：作为正式确立的学名，苹果和苹婆分别是指蔷薇科落叶乔木果树和梧桐科常绿乔木果树（凤眼果）。谈古代的频婆、苹婆等，可能是凤眼果也可能是苹果，具体要结合其性状描述来区别；但在今天，苹婆、频婆就是凤眼果。经过近千年的混淆——按叶静渊《中国农学遗产选集·落叶果树（上编）》一书的苹果部分《导言》谓，"'频婆'一名最早是作为柰的一个种或品种的名称出现在《洛阳花木记》中的"。查《洛阳花木记》乃宋代周师厚约1082年所著，比周去非《岭外代答》撰期要早百余年——凤眼果终于在这场漫长的名称争夺战中取得了胜利。

现在回到《岭外代答》，为什么杨武泉的注释会否定周去非所记频婆是凤眼果呢？极可能是因为同在"百子"条中，在频婆之前已首先记载了一种"罗晃子"，"亦曰罗望子"，根据文中的特征，杨判断后者乃凤眼果。（按：周去非记此果"煨食甘美，类熟栗"，后一类比说法应是他首次提出，此后不断被历代各种文献采用，直到现在的《辞海》也说苹婆即凤眼果"种子和肉类同煮，味如栗子"。）可能杨认为前面既已有凤眼果的记载，不可能隔了许多篇幅再在后面独立一条来谈同一种植物，这才把频婆理解为不相干的红林檎。我则估计，因为罗晃子、罗望子一条是从范成大《桂海虞衡志》书中抄辑而来的（但加上了"类熟栗"等字眼），后来，周去非想起此物与佛经中"唇色赤好"的频婆果的关系，于是再补一笔自己的意见，也就首度在文献记载中给此物定名为频婆。虽然因此导致同一物的记载分布两处，但《岭外代答》对于岭南频婆的名称和味道，是有记述之首功的。

然而杨武泉的注释却一分为三：他说罗晃子是豆科的荚果植物酸豆（酸角），罗望子是凤眼果，频婆是红林檎。频婆因乃独立条目造成误解还说得过去，罗晃子、罗望子明明同一条，他却要把原文割裂开，依据是周去非所本的《桂海虞衡志》即二者分列，从而断言，"二果之名称久混"，"实物确然为二"，一些相关的生物科学著作就此都出现失误云云。可是,胡起望等人的《桂海虞衡志辑佚校注》,却将原文罗晃子、罗望子两条合二为一,认为二者实为一果,证据偏就是周去非《岭外代答》的两者合记,只不过他们将此物释为酸豆。

这真是一笔糊涂账了。《桂海虞衡志》和《岭外代答》都曾长期佚失,后人辑录整理中自会有不同看法,遂出现了这么一个互相证实也互相证伪的怪圈。我在一番查证对比后认为杨武泉错了,《岭外代答》的周去非原文和《桂海虞衡志》的胡起望等人校注是对的,应该二物为一。至于《桂海虞衡志》将罗晃子、罗望子分为两条,有可能是范成大的误记,或后世抄录、刻印的误失;《岭外代答》合为一条,则也许是周去非对范成大的矫正,或因同时代、有交往的便利而保存了范成大的正确原文。

这一悬案,直到后来购得仅印1000册的《梁家勉农史文集》(倪根金主编,中国农业出版社2002年12月一版),里面有《"罗望子"名实考》一文,以有力的史料,明晰的推断,终于解我之迷惑、证我之猜测:罗望子、罗晃子与苹婆,三名就是同一物,即凤眼果;而频婆指的就是凤眼果而非苹果。另外对于《岭外代答》中罗晃子、罗望子与频婆各自成条的原因,作为我国农史学科开拓者的梁家勉先生认为,可能是周去非还不知道罗晃子就是频婆在我国的原名、土名,直到元陈大震《大德南海志》，才首次将频婆这名称与形态特征合在一起描述。这一收获使我欢然，频婆名实问题的旁支，至此也圆满解决。

关于名实之争，还有两则趣闻：其实苹婆也有一个同科属的小兄弟，学名就叫假苹婆，形状和苹婆相似，都是优良的行道树和食用植物，不过果实没有苹婆那么饱满、美味和美观，花亦不如。苹婆初夏开的花很别致，犹如精雕细镂的淡红小皇冠。另外，张帆文中提出，因为佛经所谓频婆是红色的相思果，那么见于唐诗的"红豆生南国……此物最相思"，这种红豆树相思树或者与之也有一定关系。

岭南苹婆虽可能不是印度原本的频婆，却也应是从南亚传入。元陈大震《大德南海志》谓："旧传三藏法师在西域携至。"而《广东新语》在记苹婆果等"诸山果"时引此说并增补谓："相传三藏法师从西域携至，与诃梨勒（按：即诃子）、菩提杂植虞翻苑中。"但在记"诃子"时又提出另一说：三国东吴虞翻被贬谪广州，所居的南越王赵陀故宫（即"虞翻苑"，后为光孝寺），当时已"多种苹婆、苟子树"。而西晋嵇含《南方草木状》记载一种出于林邑（越南南部）的"海梧子"，李惠林与吴德邻都"有保留地"认为是苹婆（见李惠林等《南方草木状考补》）。该条云："有子如大栗，肥甘可食。"如果这真是苹婆的话，则在周去非的《岭外代答》之前，人们很早已把其果与栗子联系起来了。

——这一小小的果子，牵引出诸多诉讼，也让我再度陷入浩瀚文献中探究纠缠，想来苹婆偶睁凤眼窥见，也当咧开美妙红唇，偷笑我这无聊书生吧。我也暗暗对之一笑，盖此等无益之举，亦快心事也。

只是，有些事情又无法那么轻松地一笑置之，比如，由一条频婆注释牵引出来的故事。

今年初，陪同扬之水先生小游敝邑、观赏天南草木时，她对苹婆树也很有兴趣。听了我的介绍后，不久来函转告了在许地山所译《二十夜问》中读到的频婆注释。阅之大喜，觉得许地山确是大手笔，言简意赅，基本上道清了关键要点，遂即上孔网搜购这本旧书。

《二十夜问》是印度古代神话故事，讲一位国王倾情于龙王公主，在求爱过程中彼此设问作答。其中有人献上一个用雪白象牙做的小杯，边口有一圈血红纹理，说是一个有着"频婆唇"的绝色美女每日所用，因而染成。许地山于此便注出了这种佛书中的相思果是用来形容美人红唇，以及其名实、状貌、应用、中土的流传等，很是可喜。

扬之水还说，读到这本书的结尾，才一下子明白了什么是印度。故事结尾是这样的：国王与公主终于得以相爱，欢欣地祷求天长地久无穷尽、超越时间的永恒之爱。天神满足了他们的愿望——把这对相拥的爱人烧成灰烬,让他们通过苦行,在来生再相遇时才成为夫妇。

搜寻苹婆,竟带出它的原籍这个令人震动的故事:只能以舍弃今生的相拥、寄望来世的偶遇,去诠释永恒。在中国,苹婆则又恰巧有七夕牛郎织女的背景,那是另一种极端方式了:迢遥分隔,暗地苦恋。看来,它真不枉"相思果"的名号啊。而我们,又能否由这样的果子、那样的故事,明白什么是爱呢?

2010年8月14日,一场"唇口丹洁"的美梦被半夜骤雨惊断,醒来悒悒动笔,8月16日七夕完稿。

# 黄花剩赚沈郎瘦

"待到重阳日，还来就菊花。"赏菊，向来是重阳风俗、诗文的重要内容，就连《水浒》中梁山好汉那样的粗人也要行这等雅事。但近得周瘦鹃的《花影》(这是今人将其花木文字按季节新编的一个集子，山东画报出版社2003年5月一版)，重温几篇菊花小品，发现他说了一句大实话："一般人都认为重阳可以赏菊，古人诗文中，也常有重阳赏菊的记载。然而据我的经验，每年逢到重阳节，往往无菊可赏，总要延迟到(农历)十月。"(《秋菊有佳色》)这也是我的经验。可见至少在当今的南方，重阳赏菊只是一种非现实的、想象性的文学传统而已。不过，即使仅仅这样纸上谈菊口中吟菊，也是很有韵味的，如古人黄溪云说的："吟得黄花满口香。"那么，时逢重阳，我也合当拾取几片书中的菊瓣，以遣佳节。

先从近年所得的几种菊谱谈起。菊花品种很早就已甚为繁富，于是有了记载名称、品评高下的专著，名之为《菊谱》。首创于宋人刘蒙,记35种;随后是史正志,记28种(又名《史老圃菊谱》);再者则是名声最著的范成大,记35种(又名《范村菊谱》、《石湖菊谱》)。中华书局曾将这最早的三种菊谱,与同出于范成大的《梅谱》等共七种宋人花书合刊为一册。

近代以来,"菊谱"之名用作画册。我早几年买过缪莆孙绘撰的《菊谱》(香港中华书局1975年6月一版、1984年4月重印),作者是有感于前人菊谱,或"只论画菊之理法,而于菊之种类付之阙如",或"虽详述菊之种类,而有说无图",乃撰此兼容二者的图谱,共收130余种。此书是与书友小聚、共逛书店时所购,随后会合时却见一位以菊为网名的书友也买了,不禁相与一笑。

荣宝斋也曾用缪莆孙的别号由里山人为书名,重印了这本原刊于20世纪20年代的菊谱,我一时不察,买重了。二书虽内容一样,但装帧不同,因为喜欢,也就并存于书架上:港版《菊谱》是秀气的32开,持卷舒闲;荣宝斋版《由里山人菊谱》(1985年6月一版)则是阔大的正方形,可更真切地赏看此老雍容高贵、古秀儒雅的笔触。

画家冯凭也出过一本《菊谱》(山东人民出版社1979年8月一版),是对青岛一百种菊花写生白描之作,画得灵动活泼,蓬勃淋漓。画册仿古版式,窄16开,做得有如线装古籍。

与上两种同时所购的，还有北京特艺总厂的《菊花写生资料》(1973年编印)，也是窄16开本的百多个品种白描图谱。这本不署名的内部出版物水平也甚高，力度遒劲，气度开张。

　　对比起来，缪莆孙《菊谱》有精致的文人气，《菊花写生资料》有端庄的豪气，冯凭《菊谱》则有挥洒的野气。——奇怪的是，冯凭同时还出了一册《百花谱》(山东人民出版社1979年9月一版)，也是白描，画得也好看，但却少了《菊谱》的恣肆野气，笔墨安静下来了。也许是菊花更契合其精神，能激发他的自信与激情？不仅作者创造作品，创作对象也会对作者施加影响、"创造"作者的。

　　菊花品种繁多，即使同一品种，不同地方也有不同形态。比如一种名字我很喜欢的"万卷书"，在缪莆孙与冯凭笔下的形象完全不同。二谱均有简要的文字说明，华东缪氏记此种"瓣阔大如卷书"，"花淡粉红色"；山东冯氏却说是"细长筒瓣"，"花白色"。不过，两款都有着可爱的书卷气，正如这几种白描菊谱各有不同特点，却皆可赏也。

　　此外还有河北美术出版社编印的《菊谱》(1997年6月一版)，是另一种风格，选收的是古今画家彩绘国画，共100幅。我浏览一过，产生一个想法：菊花本是冷落秋篱清淡生涯，隐士一类人物的象征，但被文人画家说得太多画得太多了，已成热门题材，"隐"不起来。不过这也好，可以回复她的平民家常。

这本河北《菊谱》与北京《菊花写生资料》，还有关于菊花造型艺术的《艺菊》(张道海等编，安徽科学技术出版社2003年1月一版)，资料汇集性质的《菊文化》，以及技术性小册《菊花》，前前后后都送给了一位喜爱菊花的友人。合适的东西在合适的人那里，也是一种美好。

另一个朋友，去年10月曾发来其收集的历代关于"沈郎"的诗词，我颇喜欢其中赵执信一句："病中黄菊，剩赚沈郎腰瘦。"

当时也是因时近重阳而无菊可赏，乃读《全芳备祖》、《广群芳谱》等古籍中的菊花诗。我前几年曾撰《暗香盈袖，菊花满头》，点评过一些名人菊诗，而这回欣赏的却都是非名人的佳句：无名氏的"只有黄花似故人"，赵钧月的"秋亦无心在菊花"，翁浩堂的"只将青眼看黄花"等。又在本邑古代竹枝词中恰好读到许挺生一首："重阳天气菊花浓，黄岭参神侍女从。侬恰下舆郎下马，花阴前度恍相逢。"——正可分享。

是的，这些菊影中自有人影。今秋所读的周瘦鹃《花影》，《我爱菊花》篇中引了冒辟疆《影梅庵忆语》一段，是追忆与董小宛赏菊的情形："每晚高烧翠蜡，以白团回屏六曲，围三面，设小座于花间，位置菊影，极其参横妙丽。始一身入，人在菊中，菊与人俱在影中，回视屏上，顾余曰：'菊之意态尽矣，其如人瘦何。' 至今思之，淡秀如画。"——这一段才是书名《花影》的最好写照。

如此风流韵事，花影人影双杳然。想起那年岁末冬天的卞之琳《散文钞（1934—2000）》，有一篇《成长》，开头是："种菊人为我在春天里培养秋天。" 结尾说："恕我的痴心问一句，假如你像我的一位朋友的老师那样，梦为菊花，你会不会说呢：'我开给你看……' "

2010年10月16日，重阳。

# 五月木棉飞

　　不久前，第30届香港电影金像奖揭晓，《打擂台》以半冷姿态夺得最佳影片。

　　面对强盛的大陆电影业，香港电影近年的处境，一如香港自身般尴尬。老字号的金像奖亦然，它选择了回归本土，不顾枯守于小圈子、自绝于大潮流之讥，在颁奖中突出港味。这是一个很好的文化标本，可以带出很多见微知著的社会学话题。但就算以原汁原味港产片这一范围来说，《打擂台》也不见得是2010年最好的作品，把金像奖颁给它，更主要是象征意义，我去年影评已说过，这出影片的故事"就像一个寓言式的写照……是港产片乃至香港本身的一个象征"。在此就不再重复了。

　　倒是影片的一句台词现在又有了可资谈论的背景："五月天两样多，雨水多，木棉花多，飘起来的时候很漂亮。"这说的并非鲜红如火燃点了南国之春的木棉花，而是春日花期过后，初夏飘飞的朵朵白絮。

这些初夏"飞空如雪"的木棉絮固然漂亮，但也给部分人带来麻烦，甚至给木棉自己带来厄运。曾有朋友说这些五月飞絮极是恼人，木棉做行道树是不当的，至少也该为它"绝育"。我不同意，说人应该尊重花木的本性。——这还只是私下议论，没想到，最近香港便真的闹出了"摘花事件"。

起因是某些居民因往年深受附近的木棉絮滋扰，包括导致呼吸道和皮肤敏感等，投诉之后，港府今年就趁尚未果裂扬絮，提前釜底抽薪，展开"摘果工程"；而承办商则更进而一了百了，把盛放的花朵先行摘除，让木棉连果实都结不了，于是红花顿成秃枝，引来舆论大哗，物议纷纷。比如《明报》，4月23日的专栏版就有两篇都谈此事，简冬娜《树欲静而心不息》指出："人与自然本应共存，彼此尊重，美丽花草伴随花粉症不是正常套餐吗？"愤恨人们"为免引起过敏而要杀果宰树，此地或许连仅余的自然风光也不配拥有"。小思《北人无路望朱颜》也痛心于"少数香港人的自私、无知"，令别名英雄树的木棉折损："英雄无奈！也许香港根本没有英雄藏身之所，心性热又如何？耐不住蠢人愚行。"4月25日的副刊版，又有陈云一篇《木棉花也遭了专政》，指斥那是"恐怖美学"，说敏感症患者那段时间应该戴口罩自保，"摘除木棉花果，使之不能传播生育，是断绝天地生机的大恶业"。"随便宰割自然生物以适应某些人的喜好",是"人定胜天"的思想作祟。

可巧,就在这时,我购得一册《五月木棉飞》(海燕出版社2009年9月一版,2011年1月三印),里面说的恰是这个话题。五月初夏静读一过,又欢喜又感慨。

这是从台湾引进的"小蜗牛自然图画书系"其中一本,全套"书系"四册大开本,由凌拂撰文、黄崑谋绘画,是贴近孩子的精美科普图书,又以其心意和深意,超出了一般的少儿读物,值得推介。其中两本讲昆虫、两本讲植物,尤以《五月木棉飞》最为可人:专谈木棉的书本就少有,以其飞絮为主题更是稀罕,何况,那些轻飘飘的木棉絮却又如此震撼。

全书以"五月的城市也会下雪吗?"开篇,画出木棉"棉絮爆飞",如雪球飞扬、铺天盖地、"壮阔而轻盈"的浪漫图景;接着指出,有人觉得这情景很美,但也有人因此过敏打喷嚏,主张把木棉砍掉。对此,作者是反对的,但她不像《明报》诸君那样愤怒痛斥,而是以平和温静的口吻循循诱导:砍掉木棉并不能解决问题,因为不仅棉絮,很多动植物的皮毛,乃至我们的衣服都对呼吸道不好,而"世间万物可不是只为人类存在哟!"应该去发现木棉的美,而不是只感觉到它的麻烦。下来便是介绍木棉,教孩子欣赏它冬天树叶落尽的苍劲枝杈、春日充满阳刚美的耀眼红花,告知在台北欣赏木棉的最佳地点,引用香港歌手罗文传诵一时的《红棉》,等等。作者也提到,就算木棉花也同样会惹某些人厌烦,因为这些肥厚的大花整朵凋落(按:这种壮烈轰然的落法,也是木棉得名英雄树的其中一个原因),很有分量,会砸到人和车子。作者没有回避木棉花、絮的不便,只是列出木棉有益于人的种种好处,从观赏价值到诸多经济实用价值,从"看到木棉开花,就把不开心的事都给忘了"的心情意义,到"捡拾一些棉球,等端午节到了,缝几个漂亮的香包,再缝进一颗小绵子,佩戴在身上迎接夏天"的传统民俗。而书后的附录,在引导读者写下观赏木棉、观察植物的记录之余,还专门提出这个问题让孩子填写答题卡:"有人对花粉敏感,有人对樟脑敏感,可是人类也利用它们。天地万物都有它相对的一面,就像木棉的棉絮也对某些人造成了困扰,因此许多人建议砍掉木棉树。你赞成吗?你也会对生活环境中的某些东西过敏吗?如果有,你是如何解决你的困扰呢?"

——看来,台湾的木棉也曾引起过争论,而作者通过简洁优美的文字,深入浅出地析利弊,讲道理,且并不因自己喜爱木棉就忽略厌恶木棉者的现实困扰,也不将自己的喜恶强行灌输给孩子,而是启发该怎样去应对,正如后记《爱树惜生》提倡的,探求"另一种思考的可能"。这种心怀我甚是欣赏,加上绘画十分漂亮,读来有如鸟饮花蜜般欣悦——书中有一段说，暗绿绣眼鸟爱吃木棉花蜜，它们"穿梭在木棉枝梢，整个头都钻在花蕊里"。这描写使我想起前一阵子，每天清早都被窗外清脆而密集的鸟声啼醒，因为院中有两棵木棉，枝头经常聚满鸟儿，一边翻飞于红花丛中吸食花蜜，一边叽叽喳喳欢叫不已，情景喜人。

这位作者凌拂，曾索居深山十年，热爱读写和栽植，"文字让她深入，自然让她出离"，她的著译也以植物题材为主，包括另还写过《木棉树的喷嚏》。与画家合作的这套"小蜗牛自然图画书系"，其用意是在传播知识之外更重视滋养心境，对此，她在丛书另一册《有一棵植物叫龙葵》的后记中有较完整表述。她说，认识自然、了解生态，不在于动植物名称的堆砌等，"生态不只是知识问题，也是文化问题"。"不能只是知识，要懂得爱与珍惜，还要有生活中的情意……重要的是一种态度。"要"让生活里有诗"，而"诗"乃是"生活中的一种情意"。她希望通过这套书，让"孩子能有更多人文的渲染"，"亲近、认识、理解、领会，而后相融于自然的声息……在知识的填塞之外，这尤其是我们要弥补的不足"。

善哉，正如有评论说的，这是科学知识之"真"，与文艺形式之"美"结合而产生的人文情怀之"善"了。本文原来打算取一个文艺腔的题目，现在索性直接借用《五月木棉飞》这个简朴明洁的书名，便是向作者致敬的意思。

《五月木棉飞》的后记中，还提出家居的植物就是住所的门牌，城市规划设计要避免单调、同质化与标准化之弊，栽植是一个很好的元素；因为植物带来少许不便就要砍树，是人类的本位主义，是看待生命的方式问题，是"我们的文化里对环境没有深情"。对此我向来深有感触，不要嘲笑香港摘除木棉花果，我们身边也尽有这类故事。夏天来临了，在南方，凤凰花就要红了，很多城市作为行道树的芒果也将要黄了，但我记得，小时候旧居附近有一段路种满凤凰木，可后来全给砍掉，原因是这种美丽的花树特别惹毛毛虫，为此索性连树都不要了，真应了一句讽人愚行的广东俗语："斩脚趾避沙虫。"至于芒果树，很多地方都因有人偷折断树枝乃至摔伤跌死，管理部门为图省事，在芒果还未成熟时就先下手为强全部摘掉，使城市失去了满路金黄硕果的风景。也别光是骂官方，想想这里头我们的责任，如果能容忍麻烦（包括赏花之余的毛虫等），如果能克服贪婪……说到底，还是"没有深情"所致也。

是的，"亲近、认识、理解、领会，而后相融"，这是对植物、对自然应取的态度。"世间万物可不是只为人类存在"，也不是人类订购的产品、有权挑剔其是否便利无瑕，我们该学会克制与包容。木棉红花已谢火花已熄，又快扬絮了，这是人生况味的象征：热血红颜转眼白头，乃人间规律，应该坦然接受；飘扬轻絮却可安枕（木棉絮是很好的枕头材料），乃变化循环，合当回味感恩。且忍受些许不便（并向敏感症患者致意），像《打擂台》说的，以看花的心情来欣赏这满城风絮吧。

2011年5月初

# 长夏木槿荣，朱黄各幽情

　　大暑，先是第三度探访黄槿花，然后，书海探花。在书店里翻开一本台版的潘富俊《唐诗植物图鉴》，里面引《礼记·月令》的古人语："仲夏木槿荣。"真欢喜，简朴的五个字，活画出一幅夏日好花的图景。

　　这个夏天与木槿有缘，随后游丽江，亦有感于一树又热烈又散淡的槿花，写入植物游记中。因之继续翻查资料，再补撰此篇。

## 木槿朝暮花

　　木槿是历史悠久而分布甚广的绿篱观赏植物、庭园常见花树，花大，色艳，惹人喜爱。它最令人瞩目的，是花期只有一天，晨放夕坠，瞬间开落，故此远古称为"舜"，后世得别名"朝开暮落花"。《诗经》的"有女同车，颜如舜华……有女同行，颜如舜英"，便是以木槿比喻红颜的名句。

　　有一年夏天，网友深圳一石寄来其新书《美人如诗，草木如织——〈诗经〉中的植物》，封面画据说就是当时得令的木槿。书中讲到那首《郑风·有女同车》，说：有幸与舜华之女同车、与木槿女子同行，是值得默默祈祷的一件快乐的事。这恰可对应"自序"谈到该书写作旅程时引用的一句话："与美人同行，则正好可以拥有美人。"

再前些年也是木槿花开之夏，另一位网友冯向阳寄赠所著的《毛诗药衍》(作者2005年自印本)，在《有女同车》之"舜"一则中，介绍木槿的药用价值外，还列举了三位古人咏此花之诗文，说明三种看花法：刘庭琦感慨"莫恃朝荣好，君看暮落时"，是悲观；李渔惊觉"睹木槿则能知戒"，是惜时；王维悠闲地"山中习静观朝槿"，是超脱。

这却引发我别样的感触。其时天才的阿根廷足球队，又一次在大赛中大热倒灶半途折戟，他们坚持的华美优雅的艺术足球，如同让人赏心悦目的怒剑名花，但总是花一开开就谢了，输给功利现实。然而痴心的球迷仍然维护他们那种不切实际的梦幻之美，用花朵的比喻来向阿根廷致意，一是说：如果不是那样的傻气，花怎么会开；二是引用阿根廷文学大师博尔赫斯的诗句：花开给自己看／却让许多眼睛／找到了风景。——是啊，执着于理想主义犹如对美人的追求，都是快意美事，即使短暂得只有一段与佳人同行的车程、一场花开花落的朝暮，也该深存感激，不必久据，甚至不求实现,只秉持自己的傻气,哪怕仅仅开给自己看。

不过,这些感慨感触,都只看到木槿的一个方面。事实上,木槿每朵花的寿命虽短,但总的花期甚长,每天都有新花长出,所谓"槿花不见夕,一日一回新。"(唐崔道融《槿花》)它在众卉零落的夏日开得最茂盛,人们一般视为仲夏之花,乃至像《礼记》那样作为时令的标志,但其实它可从夏初开到秋末,所谓"秋至花繁锦幛垂"。(宋华镇《槿篱》)

几位有心的宋人,都特地写出它这另一方面的好处。杨万里为它的"短命"平反:"花中却是渠长命,换旧添新底用催。"(《道旁槿篱》)洪咨夔进而指世间的人情反不如木槿:"一秋朵朵红相续,比着人情大段长。"(《槿花》)虞俦则赞美它的生命力旺盛:"朝暮相催君莫问,一边零落一边开。"(《槿花》)

这种无视零落边谢边开的顽强,朝鲜半岛的人民体会更深。吴静如编著《邮票上的林业史》(中国林业出版社2011年4月一版)收有韩国的木槿花邮票,介绍说:韩国人特别欣赏木槿花,因它漫长的花期而称之为"无穷花",视其象征坚毅不屈的民族精神,选为国花。

最近在《三联生活周刊》上看到朱伟一篇《花绕槿篱秋》,则很好地概括了木槿带来的感动:"感人是这样一种夕死朝荣之花,竟能任朝昏荣落,前赴后继,花开一直延续到风露凄凄的晚秋。"

关于木槿的古诗,除了写它花期短长外,我还特别喜欢唐人张祜的几句。这位"千首诗轻万户侯"(杜牧赞语)的张公子,早年纵情声色、流连诗酒而又任侠尚义、落拓不羁,性情狷介,无缘闻达,晚岁乃罗致木石,种树吟诗以度余年。他在《庚子岁寓游扬州赠崔荆四十韵》中写道:"僻性从他谕,幽情且自矜。砌开红艳槿,庭架绿阴藤。"这种红槿绿荫间傲世自在的性情,我十分欣赏。

我也曾种过一棵木槿,那蓝紫的花儿从夏到秋,总带来愉悦的心情。只是自己不能像张祜那样放纵自适,惟有在美丽花朵与庸常人生的交织中,感受那份朝暮间生生灭灭又朝朝暮暮生生不息的幽情吧。

## 扶桑大红花

宗璞写过一篇《好一朵木槿花》,说木槿花有三种颜色,"以紫色最好。那红色极不正,好像颜料没有调好……"

同属锦葵科、木槿的姐妹朱槿,则是极正极纯朴的红色了(朱槿也有多种颜色,但以红色最普遍),因此有个别名叫"大红花"。这名字很俗气,因它粗生易长,南方人身边常见,就取了这么个邻家孩子般随随便便的叫唤——却也显得亲切。

其实朱槿还有一个很雅的名字：扶桑。扶桑原是中国古代神话中，生于日出之处旸谷的一种神木巨树，见《山海经》、《楚辞》等。作为灌木，不算高大的朱槿何以得此名？李时珍《本草纲目》给出的解释说：朱槿"花光艳照日，其叶似桑，因以比之"。由此还得了近音名"佛桑"。而早在宋代，姜特立的《佛桑花》就写道："东方闻有扶桑木，南土今开朱槿花。想得分根自旸谷，至今犹带日精华。"今人段石羽等著《汉字与植物命名》(新疆人民出版社2009年11月一版)谈到这个问题时，还指出另一对应："扶桑朝开暮落，正如同太阳一样，每日朝升暮落。"

就算比之远古《山海经》的扶桑有附会的成分，朱槿的历史也足够悠久，早在我国(也可能是全世界)最早的植物志、西晋嵇含的《南方草木状》中，已有记载："朱槿花，茎叶皆如桑，叶光而厚，树高止四五尺，而枝叶婆娑。自二月开花，至仲冬方歇。其花深红色，五出，大如蜀葵；有蕊一条，长于花叶，上缀金屑，日光所烁，疑若焰生。一丛之上，日开数百朵，朝开暮落。……"嵇含对此花特别钟情，另还写过《朝生暮落树赋序》。

《南方草木状》这一节写得如此详细而优美，以致屡被后人袭引。如唐末刘恂所著《岭表录异》，多记岭南的草木虫鱼等物产，里面朱槿花一则就几乎全文照搬嵇含。

不过，他最后加了两句自己的观察记录："俚女亦采而鬻，一钱售数十朵。若微此花，红妆无以资其色。"按，此书鲁迅曾校勘增补，最末一句沿用一些古代版本作"红梅无以资其色"，明显不通，商璧等校补的《岭表录异校补》（广西民族出版社1988年5月一版）作"红妆"是对的。这本《校补》的《序论》赞刘恂"笔下含情"，我看在这两句记载中便得以体现：贫女红妆，有同样贫贱的野地红花相助——朱槿，是如宋蔡襄《耕园驿佛桑花》所说，"名园不肯争颜色，灼灼天红野水滨"的——都是火红蓬勃的乡野情调。

到清初屈大均的《广东新语》，很奇怪地把佛桑和朱槿区别开来，将两者视为总和分的关系，分两篇记述。这且不去管他，但《佛桑》一篇所附其诗很可赏："佛桑亦是扶桑花，朵朵烧云如海霞。日向蛮娘髻边出，人人插得一枝斜。"因传说中的扶桑树在日出之处，乡间女子头戴扶桑花，便等于太阳从她们的髻鬟边升起了。——颇风趣，也有气魄，情景如画。

从南粤到台湾。台湾有本植物图书（书名已记不清），广搜文史资料来写各个时期的台湾植物，又从植物来侧面反映台湾的经济史、环境史乃至人文史，封面好像就是一朵鲜丽典雅的朱槿花。书中谈到，村妇喜欢采这种大红花来作装饰，并引赖和一首记游诗，犹如一幅热带风俗图："竹刺编篱蔬菜圃，槟榔做栅野人家。多少游春村妇女，一头插满大红花。"按，赖和是20世纪前半叶日治时期的重要作家、台湾现代文学之父。——由此可见，从唐代到清代再到现代，朱槿，千年间都是南方乡村妇人的"红妆资色"。

雷寅威等编选《中国历代百花诗选》，对朱槿的简介有"热烈而又温柔"一语，这也让我想到南方女子。而朱槿花型的一个特别之处，是"有蕊一条，长于花叶"，长长的雄蕊探出鲜红的花冠之外，曼妙摇曳，仿佛热情的逗引，亦是南方风情。

如此夺目丽色，使朱槿成为岭南风物的代表之一，历来入粤文人多有注目。如唐代李绅的《朱槿花》，赞"槿艳繁花满枝红"，且四季皆芳菲。苏轼《正月二十六日，偶与数客野步嘉佑僧舍东南野人家……》则写道："焰焰烧空红佛桑。"——前者的四季，后者的正月（比《南方草木状》的记载更早），显示朱槿花期比木槿更长，在热带亚热带几乎全年开花不绝，不过，始终是在夏季开得最灿烂。长夏炎炎，路边道旁的大红花盛放，鲜明夺目，照亮苦夏，是南方人司空见惯的眼福，也就不会像东坡那样惊讶赞叹了。

# 朱槿风之花

　　然而,这么家常普通的大红花,我却想不到,除了在中国古籍里时见绽放外,居然还开到了西方文明源头的神话中,以前真小看它的来头了。

　　这发现源于李毅民等著《邮票图说花卉奇观》,书中收有多个国家的朱槿邮票,最特别的是一套希腊在1958年发行的世界保护自然大会邮票,以当地主要花卉为主题,四枚中三枚都是单独的花卉图案,惟独朱槿一枚加画了人物,介绍说表现的是阿多尼斯和阿佛洛狄特的故事。

　　阿佛洛狄特乃维纳斯女神的前身,是从大海浪花中出生的女海神,更是爱和美的女神。阿多尼斯则是因为一段孽恋而从树中生出的美少年。据古罗马奥维德《变形记》、郑振铎《希腊罗马神话与传说中的恋爱故事》等书所记:主导人世爱恋的阿佛洛狄特,自己深深爱上了阿多尼斯,阿多尼斯因不听阿佛洛狄特的劝告去狩猎凶猛的野猪,反被野猪杀死,阿佛洛狄特悲痛不已,使了法力,将阿多尼斯流出的血变为一种花,让它年年开放来寄托自己长存的追怀哀悼。这朵血泊中生出的娇美红花,见风而开,但再来一阵风就把它吹落了,因此名为风之花。——这位美少年,"由植物所生,当然也就逃不了变成植物的命运"(《花的神话》),

从树归于花。

美国汉密尔顿《神话——希腊、罗马及北欧的神话故事和英雄传说》，称这是古希腊神话中关于死后化为鲜花的人物故事里最著名的一个，并说那种血红的风花是银莲花。苏联库恩《古希腊的传说和神话》也指是银莲花，还说阿佛洛狄特在去寻找阿多尼斯尸体时双脚被扎伤，流下的血滴长出了玫瑰花。

美国布尔芬奇的《希腊罗马神话》则指这花开花落由风作主的短命之花是秋牡丹。日本秦宽博《花的神话》更具体点出是秋牡丹中的福寿草，并详细介绍了这种后来象征"基督之血滴"、代表死亡和悲伤回忆的春花。

吴应祥《植物与希腊神话》却说是侧金盏，并提供了该类植物的科学资料。

陈训明编著的《外国名花风俗传说》说法又不同：阿多尼斯是因花心轻浮，爱着阿佛洛狄特的同时脚踩两条船，受到另一位贞洁女神的惩罚，才被野猪咬死的。他临死前祈祷愿将鲜血变成花儿，花神动了恻隐之心使其达成愿望，那殷红的花是金盏花，又叫轻浮花。

陶洁等选译《希腊罗马神话一百篇》，另指风之花为白头翁。水建馥所译《古希腊抒情诗选》收入的彼翁《哀阿多尼斯》，是关于这个题材最早的诗篇（后来莎士比亚、雪莱等很多诗人也写过），其中说："（阿多尼斯的）鲜血生出玫瑰花，（阿佛洛狄特的）热泪生出白头翁。"译注云，白头翁就是花絮随风飞散四处飘零的风之花。——变得与阿多尼斯无关了。

这故事还有另一些版本，再举一个与花有关的。在法国马里奥·默尼耶《希腊罗马神话与传说》中，阿多尼斯是植物之母阿佛洛狄特的儿子，他出事后阿佛洛狄特匆忙赶去，踩到玫瑰花被刺伤了脚流出鲜血，本来玫瑰是白色的，从此因为染上女神的血而变为红色；当阿佛洛狄特赶到儿子尸体前，伤心落泪，掉到地上的泪珠变成了银莲花。该书还记载了后来希腊妇女每年悼念阿多尼斯的盛大感人的仪式。

现在，从《邮票图说花卉奇观》得到线索，这著名的"风之花"（直到当代还有同名的英文流行歌曲），在上述诸花之外还有朱槿一说。朱槿的鲜红，以及朝开暮落，符合神话中生于血泊、花期匆促的描述。虽然朱槿原产亚洲南部，似非希腊远古就有，但我去年盛夏游走希腊，也确曾见路边的大红花灼灼耀目。这平时熟悉的扶桑，原来除了与中国神话有关，还是希腊神话中的风之花（至少设计那套邮票的希腊人这样认定），乃更觉可喜。——从此看到它，就别有一番情味了。

# 黄槿新心花

朱槿和木槿都是老相识，锦葵科木槿属还有一种黄槿，则是新识的漂亮花树——今夏关注木槿家族，其实就是因黄槿而起。偶经路边见到这种可爱的黄花，颇觉惊艳，专门去一连探访了三次。

第一次是晚上，夜暗树高——黄槿比木槿、朱槿高大，是乔木——看不清晰，只拾得几朵落花归，并查了一些资料。

黄槿首先美在其花，五瓣围拢交叠成钟形，鲜黄色，薄薄的花瓣质地很像皱纸，又像巧手折成的绢花。所见植物图书中，以江珊等主编《野生花卉》（汕头大学出版社2009年1月二版）的照片最能拍出那份精美的质感，不过，仍未展现此花的另一特点：花内深处近花萼的底座，有五道螺旋桨般的暗紫纹理。木槿也有这种花瓣基部的深色花纹，杨万里《道旁槿篱》就写道："近蒂胭脂酽抹腮"，但犹不及黄槿的花心精巧别致，令人赞叹自然造物的鬼斧神工。此外，这花心还有一株顶端紫色主体黄色的花蕊，也很惹眼。

《野生花卉》收入黄槿而没有收录木槿、朱槿，因为后两者很早已被人工栽培观赏，而黄槿原本是海滨的野生植物。王宏志主编《中国南方花卉》介绍：它的根系密集发达，能抓牢疏松的土壤，又耐风、耐盐，加上生长快速，因此成为南方沿海地区海岸防风、固沙、御潮的优良防护树种。再后来又因树形圆整，花艳荫浓，才被引入城市作为行道庇荫树。近年出版的《广东花卉》(广东省花卉协会编，广东人民出版社2009年10月一版)，已将黄槿归入绿化观赏树木一类中，描述说："枝叶茂密，树冠宽广苍翠，盛花期枝梢黄花朵朵，花叶俱美，为优雅的观花、观叶树种。"——原来它那娇柔美花，是长在曾经沧海的强健坚韧的树干上，这种生命本质，我喜欢。

第二次去看黄槿，是在傍晚，落花盛大如在地面布下壮观的"花阵"，明净的斜晖映照花色转深，仿佛花儿也为夕阳而醉——黄槿花色会随时间改变，对此，《香港野外树木图鉴》(黎存志等著，香港渔农自然护理署2008年3月一版)说，黄槿初开的花浅红带橙色，旋即转为黄色。这说法不够准确至少不够全面，据香港郊野公园护理员巡逻记录写成的《生态日记·植物篇》(魏远娥等著，香港渔农自然护理署2003年7月一版)指出相反的过程：黄槿是由最初的黄色，渐渐转为红色，最后变为紫红色才凋谢。在黄昏赏看这样黄中泛红的醉颜红晕，特别娇美。

这次还留意到黄槿与木槿、朱槿的又一区别，是叶子阔大,形如心脏,很是可人,怪不得《广东花卉》提到它同时还是观叶树种。张集益《树木家族——台湾树木的写真记录》说:"心形的叶片、鲜黄的花瓣再搭配蔚蓝的海洋及天空,这就是黄槿生活圈的最佳写照。"

黄槿也是朝开暮落的,所以第三次,特地选了一个早晨再度去看,即本文开头说的大暑乐事。果然,这回地上没有落花,全在枝头初开,终可仰看树上那朵朵如悬钟般的秀丽黄花,在清亮的阳光中,金瓣透亮,清新悦人,衬以蓝天、白云、绿叶,真好景致。

就这样,从夜晚到黄昏到清早,三探黄花。槿花晨开暮谢转瞬即逝,本是不吉祥的、哀愁的,但三次从它的落看到它的开,这过程则是吉利的、欢愉的。仿佛一路看去,还有很多好花好景在静静等着,生命可以倒着走向绚烂,越开越好。

黄槿进入人们视野的时间不长,记载不多,所以本节多花点笔墨描写它的特征。确实,黄槿没有木槿、朱槿那么丰富的前世文艺故事,然而,简单清纯,自亦动人。——它能耐得住恶劣环境(那些婆娑枝叶间仿佛仍在拂动它所来处的寂寞海风),却又能适应都市的繁华,不惊不扰,自在地开出透明纯净不染风尘的精致黄花,展示旋向深处的优美花心,和光洁润泽的开阔心叶,这也正是张祜说的足可自矜的幽情了,让我倾心。

　　——时已晚夏,谨以本文,向这些开了一个夏天的蓝紫红黄的木槿家族致意,与之相伴,走入继续盛开的秋天。

**2012年8月17日,**

*农历七月初一完稿。*

# 犹记得,凤凰花瘦

我就读的中学110周年校庆时,校志办编辑了一本史料和回忆文集,里面我最感兴趣的是一位邓老师写的校园树木记,以亲身见闻,道出学校半个多世纪以来的"树史"。——是的,树,也是一种历史,一种集体记忆。正如那篇长文一开头说的:"校园里的树是学校的灵魂。"

在所记诸多花木中,邓先生特别提出:母校"树木之领风骚者,凤凰木当之无愧"。我非常赞同,凤凰木,就是母校的纪念象征,是我中学时期的少年印记。

关于凤凰木,陈策著《华南优良园林树木图谱》(广东科技出版社2006年6月一版)这样描述:"凤凰木是重要的观花乔木,开花的时候,绿树红花,丽极一时,十分壮观,是南国一大佳景,给人以盛夏富丽堂皇之感。""因其叶如飞凰之羽、花若丹凤之冠而得名。每当盛花季节,红艳悦目,远望如烽火当空,故有'火树'之称。"

这里谈到的名称来历,还有其他说法的。

凤凰木,原产非洲马达加斯加岛等地,据说有欧洲航海家前往该岛,远远看到树花通红,惊呼"森林失火了",由此凤凰木得了Flame of Forest的英文名,转译为"火树"。随后,以其灿烂夺目的华丽花色,和如巨伞广展的树形之美、细碎又密集的绿叶之美,而传遍了热带各地。至于何时传入我国,有不同意见。何家庆著《中国外来植物》认为最早于1897年引入台湾。而吴中伦等编著《国外树种引种概论》和詹志勇著《细说洋紫荆》则说是16世纪由澳门引入国内,吴著还谈道:"最初传入我国,可能先引种到澳门的凤凰山,故名凤凰木。……《植物名实图考》即有记载。"

后一派意见或可商榷,因为一般认为(包括詹著),西方人是19世纪才在马达加斯加岛发现凤凰木的,而且查清代吴其濬在19世纪上半叶所著《植物名实图考》,虽然确实记载了一种"生于澳门凤皇山"的外来植物凤皇花,但却说它"开黄花,经年不歇",从上下文来看,应该是也常见于华南的金凤花,而不是凤凰木。不过,说因发现于凤凰山而得此名,又似乎比以花叶形状命名的浪漫派说法要更符合实际。

如火的凤凰花,浓稠烂漫,丰沛鲜浓,养眼爽神,教人惊艳,像徐初眉著《花语诗韵》(中国美术学院出版社2004年8月一版)所说:"蓝天白云下衬此景树,见后令人终生难忘。"因此很多文艺作品都有它的身影。

张爱玲就不止一次写到凤凰木。《倾城之恋》中的白流苏与范柳原流落到香港,在浅水湾,他告诉她这种英国人称为"野火花"、广东人称为"影树"的"南边的特产",她感到"它是红得不能再红了,红得不可收拾,一蓬蓬一蓬蓬的小花,窝在参天大树上,壁栗剥落燃烧着,一路烧过去,把那紫蓝的天也熏红了"。然后,"他们似乎是跌到镜子里面,凉的凉,烫的烫,野火花直烧上身来"。——那是乱世男女的情欲之花,虽是彷徨的燃烧,最后也终能在同样轰轰烈烈的战火中爱情落定。正如有人说的:"在这场传奇中,凤凰木从盛开到归于沉寂,见证着他们情感发展的整个过程。"(蒋春林文《张爱玲笔下的红色花卉》)

(按:"影树"这个名字除了在张爱玲笔下,别处很少见到。安歌一本写南方花木的散文集,便因此特地取名《影树流花》(重庆大学出版社2010年7月一版),里面说凤凰木的花叶之盛美,能瞬间就把春天"送进了浩大的夏天")。

在张艾嘉编导并主演的电影《最爱》中,凤凰花则是中年人的追忆背景:两个曾纠缠三角恋情的女人,在一抹绚丽的凤凰花映衬下,静静谈起风烟往事,那种伤惘是淡淡悠远的。

然而，凤凰花更主要还是青春的象征，属于纷乱未生之前的时光；或者说，属于生命初次的流离。

一代代的青春偶像都唱过此花：从姜育恒的《你可曾看过凤凰花》到郑智化的《凤凰花》，从欧得洋的《凤凰花季》到陈楚生的《凤凰花又开》，从优客李林的《毕业纪念册》到林志炫的《凤凰花开的路口》，从小虎队的《骊歌》到陈珊妮的《青春骊歌》，从张明敏的《毕业生》到老狼的《久违的事》……这么多年有这么多人吟唱，缘于在南方青年心目中，凤凰木是有着特殊意义的集体意象：那清新舒展的绿叶，如青翠欲滴的学生年华；那炽烈淋漓的红花，像少年热血，似少女红颜，热力激情肆意张扬，却又分明带点青春期的浓愁；尤其是花期主要在五、六月，临近学期结束乃至毕业，更显触目惆怅，那些歌曲便大都由此入手。

马家辉随笔集《他们》中一篇《看花的女子》，就谈到因为花期的缘故，"凤凰木在年轻人的心中总占着某个微妙的位置"，花间的同窗告别、见证的短暂无常，"是人生的第一课"。即使并非文学作品的植物专著，也会特地提到这一点。张集益著《树木家族——台湾树木的写真记录》说，"凤凰花对学子而言，充满离愁感伤"，"在校园内总要种上几棵，才有味道"。

是这样的。曾多次与人谈起凤凰木,有人感叹得好:这花象征青春,校园与它真是相宜,见之总会有恍然回到少年时的感觉。——如果编绿化指南,凤凰木真应该定为学校必备树种。

具体到母校中学,很欣慰就有这种凤凰花风景。那大红大绿的强烈对比,配以校园的黄墙绿瓦,看得人欢喜。近年本地多栽凤凰木,一到初夏处处火红,但始终要数母校的几棵老树树形最为广阔优美,连苍劲虬枝投射到地上的影子都别具情味,衬托着操场、校舍,更有一种怀恋的气息。母校曾出过一套纪念明信片,是凤凰花系列,洋洋洒洒十多张,铺满画面的殷红,是学子对校园的殷殷情意。而我的初中和高中毕业合照,背景也都有凤凰花,将岁月定格在纯净如花的从前——那本相册,就取名"凤凰花册"。

凤凰木以鲜红盛大的花色使人炫目、引人抒写,然而,近日朋友作的一阕新词,却别出心裁地因当下凤凰花初发而写道:"犹记得、凤凰花瘦……韶华如水情怀旧。"这独特的角度,让我心有所感。经历过繁花满树,经历过落花遍地,当那些绚烂与苍凉都成回忆,始终有一份最初的印象,虽韶华逝水却仍清澈可触,就像凤凰花刚开的样子,瘦弱单薄但又蓬勃动人,那样的中学时光,那样绿肥红瘦的单纯少年。

2013年五四青年节,
看母校凤凰花初开后撰毕。